雪旅籠

戸田義長

江戸時代末期、北町奉行所定町廻り同心の戸田惣左衛門は、若かりし日より悪人の捕縛や吟味に辣腕を振るい、『八丁堀の鷹』と謳われてきた。妻に先立たれ、園芸と囲碁を趣味にする惣左衛門と、やり手の父親を持ちながらどうにも気弱な息子清之介。対照的な同心親子が、時代に翻弄されながらも、遭遇した謎に真摯に対峙する。大老井伊直弼が暗殺された桜田門外の変を題材にした「逃げ水」、雪に閉ざされた旅籠での殺人事件の謎を描く表題作「雪旅籠」など全八編。惣左衛門親子に加え、惣左衛門の後添えとなる花魁お糸の推理もますます冴え渡る。時代ミステリ『恋牡丹』姉妹編、登場。

雪 旅 籠

戸 田 義 長

創元推理文庫

THE CASEBOOK OF
DETECTIVE TODA SOZAEMON vol. 2

by

Yoshinaga Toda

目次

雪旅籠

埋^{うず}み火

埋うみ火

「うーむ、これを切るかな」

杜松《ねず》の盆栽を前にして、戸田惣左衛門《とだそうざえもん》は幾度も首を捻った。

「いや、やはりこちらか……なんとも難儀なものだの」

だが、その嘆きの言葉とは裏腹に惣左衛門は満面に笑みを浮かべていた。そうして盆栽を矯《た》めつ眇《すが》めつして、もう四半刻にもなる。惣左衛門は心を弾ませつつ、いったいどの枝を間引くべきだろうかと頭を悩ませ続けていた。

盆栽の樹形を整えるためには間引き剪定が不可欠で、まず忌み枝（目標の樹形を仕立てるためには不要な枝）を切る必要がある。続いて全体を見ながら枝が混んでいる部分を間引く「枝すかし」をするのだが、その際弱っているものでも差し枝（差し出すように横に長く突き出ている枝）として重要なものは切らずに残しておかなければならない。盆栽初心者の惣左衛門には、その辺りの塩梅《あんばい》がまだはっきりとは摑めていないのだ。

惣左衛門は老練の北町《きたまち》奉行所定町廻り同心で、『八丁堀《はっちょうぼり》の鷹』と謳われている。若い頃から悪人の捕縛や吟味に辣腕《らつわん》を振るい続け、優れた狩猟能力を持つ鷹になぞらえてそう渾名《あだな》されたのだ。

しかし、そんな厳《いか》めしい二つ名とは裏腹に、惣左衛門は幼い頃から密かに園芸を趣味としていた。園芸を愛好する武士も少なくはないが、その多くは売買による実益を目的としており、惣左衛門のように心底から打ち込んでいる者は稀である。かつては植木師になることができたらと夢想した時期もあったほどだ。戸田家の庭には数多《あまた》の花々が咲き誇り、まるで植木屋のような観を呈している。

惣左衛門が盆栽を手掛けるようになったのはつい二月ほど前だった。盆栽に食指が動かなかった理由は単に年寄りじみていると思っていたからだ。しかし、このところ細かい文字が見えづらくなるなど心身の様々な点において自分が老境に差し掛かっていることを認めざるを得ず、食わず嫌いはやめて試しにやってみるかという気になった。

ところが、いざ始めてみるとこれがなかなかに奥深い世界で、最近の惣左衛門はすっかり盆栽に病みつきだった。おまけに菊の手入れに注力しなければならぬ時季でもあったから、このところ在宅中はほぼすべての時間を庭に出て過ごしているという有様なのだが、惣左衛門が園芸に熱中する一方なのには理由があった。

五年前神田八軒町《かんだはちけんちょう》の長屋でお貞《さだ》という女が殺害され、惣左衛門が吟味を受け持った。事件そのものは解決を見たのだが、その際惣左衛門は自分が心中に大きな瑕疵《かし》を抱えていることを思い知らされた。

妻のお静《しず》は八年ほど前に病のため死亡していたが、八年間の婚姻生活において惣左衛門がお静と夫婦らしい心の交わりを持ったことは皆式《かいしき》なかった。惣左衛門はお静を戸田家存続のために必要としていただけだった。己は花木を愛《め》でることはできても、女性を愛しむことはできない。そう気づいた惣左衛門はひどく打ちのめされ、胸中は苦い思いで満たされた。

とは言え、それが己という人間の偽らざる生地なのだから致し方ない。この年齢で今さら天性をどうにかできるわけもなく、なるようにしかなるまいと惣左衛門は半ば開き直った。もうさほど長くもない人生だ、あれこれ悩まず自分の思う様にやらせてもらおうと思い切った惣左衛門は、むしろますます園芸に傾倒するようになった。

ただし園芸は、咎人《とがにん》たちと日々渡り合う定町廻り同心には少々似つかわしくない趣味ではある。惣左衛門が家計の足しとするためではなく、本気で庭いじりに熱中していると同僚に知られたら、どんな揶揄《やゆ》や嘲笑《ちょうしょう》を浴びるかわかったものではない。そのため惣左衛門は己の道楽を固く内緒事とし、灰の中の埋《うず》み火のようにその情熱を外からは見られぬよう長年秘してきた。そうした抑圧が惣左衛門の園芸熱をさらに助長し、盆栽という新たな分野に手を染めたこともあって、このところ花木の世話に費やす時間は長くなる一方だったのだ。

「お客様がお見えです」

その時突然、背後から下女のおきちが惣左衛門にそう告げた。

「客だと？」

途端に惣左衛門は顔を顰《しか》め、不機嫌な声を上げた。

「この忙しい時に、何とも迷惑千万。今は手が離せぬと伝えて、帰ってもらえ」

今日は非番で、終日心置きなく花木の世話に専念できると昨夜から胸を躍らせていたのだ。邪魔などされては敵わない。

「ですが、その――」

おきちは戸惑った表情を見せながら、

「実は来客はおさとちゃんなのですが」

「おさと？　豊吉《とよきち》の娘の？」

「はい、何やらひどく思いつめたような様子でございまして、是非とも旦那様にお目通り願いたいと申しております」

「ふむ……わかった」

おさとは金六町《きんろくちょう》に住む大工の豊吉の娘である。八丁堀組屋敷に住む同心は微禄《びろく》のため敷地内に家作を建てて賃貸しすることが黙認されており、惣左衛門はここ数年その家作の修繕を豊吉に任せているのだった。

昨年豊吉の女房は、質《たち》の悪い風邪にかかって急逝していた。そのため、おさとはまだ十一歳にもかかわらず、炊事洗濯等家事のすべてを一手に引き受けて、父を支えている。常に笑顔を絶やさない、陽気なしっかり者である。そのおさとが出し抜けに何やら相談に訪ねてきたらしいとなると、よほどの心配事でも抱えているのだろうか。

「よかろう。通せ」

手を洗った後惣左衛門が客間に入っていくと、おさとは直ちに平伏して恐縮したような小声で、

「いきなりお伺いして、申し訳ありません」

「構わぬ。面《おもて》を上げよ」

おさとはおずおずと顔を上げたが、その表情はたいそう憂いに沈んだものだった。

「どうしてもご相談したいことがありまして……」

「いったいどうしたのだ」

惣左衛門は柔らかな口調で尋ねた。

「お父っつぁんのことです」

「豊吉がどうかしたか」

「このところ暮れ六つ（午後六時頃）くらいになると、毎日のように外に出掛けていくんです。『ちょいと用事がある』とだけ言って」

「大工仲間の会合か、それともあちこち飲み歩いているのではないか」

おさとの父の豊吉は、正覚坊《しょうがくぼう》の多い大工の中でもとりわけ酒豪として知られている。

「最初はそう思ったんですけど、違うんです。組合の方に訊いてもここのところ寄り合いは開いていないし、帰ってきた時にお酒の臭いがまるでしなくて……それでおかしいと思って、実は昨日後をつけてみたんです」

「後をつけた？」

惣左衛門が渋面を作ると、おさとは首を竦《すく》めて、

「いけないことだとはわかっていたんですが、お父っつぁんのことがどうしても気がかりで」

「まあよい。それで豊吉はどこに行ったのだ？」

「はい、通町《とおりちょう》筋に出るとずんずん早足で進んで、日本橋《にほんばし》も十軒店《じっけんだな》も過ぎていったいどこに行くんだろうと思っていたら、とうとう筋違御門《すじかいごもん》に」

金六町から筋違御門までは、ゆうに二十五町（約二・七キロメートル）はある。

「そしたら八ッ小路《やつこうじ》まで来たところで、お父《と》つぁんが急に立ち止まって辺りを見回したんです。慌てて道端の天水桶の陰に隠れました。気づかれなかったみたいだけど、見つかる前に早く逃げなきゃと思って、それ以上はついて行かずに家に戻ったんです。筋違御門の向こうには寛永《かんえい》寺《じ》や不忍《しのばず》弁財天がありますが、夜のお寺に何の用事があったんでしょうか」

惣左衛門は答えに窮した。おそらく豊吉は筋違御門を潜ることはなかったはずだ。筋違御門から浅草《あさくさ》御門までの神田川南岸には土手が築かれ、柳原《やなぎわら》土手と呼ばれている。柳原土手や筋違御門の周辺は、本所吉田町《ほんじょよしだちょう》などと並んで夜鷹が出没する名所である。豊吉は独り寝の無聊《ぶりょう》に耐えかね、夜鷹を買いに出たのであろう。

「そうさな、はてさて……」

惣左衛門も同じく男やもめではあったが、前述のとおり女性を愛しむという感情に生来乏しく、妻女のいない生活にもまったく痛苦を覚えていない。また、かつて戸田家の家作に住まっていた少女が吉原《よしわら》に身を売るのを黙って見送るしかなかった苦い経験から、惣左衛門は遊女や売女《ばいじょ》らには深い惻隠《そくいん》の情を抱いている。

それゆえ豊吉の行動には何らの共感も覚えなかったのだが、さりとて真実をそのまま娘のおさとに告げるわけにもいかない。どう誤魔化すべきかと胸裏で思案していると、

「おかしなことはそれだけじゃありません。前は寝言なんかまるで言わなかったのに、最近は毎晩のように幾度も女の人の名前を呼ぶんです」

ますますもって言い繕いようがない。豊吉は相当女性に餓《かつ》えているようだ。

「苦しそうに唸りながら、『おしまお嬢さん』って何回も何回も」

「おしまお嬢さん？」

豊吉が買った夜鷹の名だろうか。だが、夜鷹のことを「お嬢さん」などと呼ぶのはいささか妙だ。

「それからもう一人、『おしげさん』っていう女の人の名も」

「おしげだと？」

惣左衛門は息を呑んだ。その名には聞き覚えがある。二十日ほど前、豊吉は永代橋《えいたいばし》近くの路上でおしげという夜鷹に襲われ、危うい所で難を逃れていたのだった。

その日豊吉は、深川《ふかがわ》の永代寺門前町《もんぜんちょう》にある油問屋土佐屋で終日雨漏りの修繕に当たった。夕食を馳走になったので、永代橋を渡る頃には宵五つ（午後八時頃）を過ぎていた。船番所を過ぎて北新堀町《きたしんぼりちょう》に差し掛かったところで、豊吉はたまさか路上に落ちていた馬糞を踏みつけてしまった。

足が滑って尻餅をつきかけたのだが、かえってそれが幸いした。その時不意に、

「思い知れ！」

という叫び声が背後から聞こえたのと同時に、豊吉の耳元を風を切るような鋭い音が走ったのだ。

驚いて振り向くと、すぐ後ろに夜鷹と思しきなりをした女が簪《かんざし》を逆手に持って立っている。いったい何事かと思う暇もあらばこそ、女が再び簪を振り上げて迫ってきたので、豊吉は女の腹を思い切り蹴り上げた。

「うぐっ」

女は短くうめくと、あっけなく気を失った。豊吉は北新堀町の自身番に駆け込んで事の次第を番人の玄助《げんすけ》に告げ、二人で女を自身番に引きずり込んだ。知らせを受けた惣左衛門が押っ取り刀で駆けつけたのは、それから半刻近く後のことだった。

江戸の自身番はたいていどれも同じ造りをしており、三畳二間が標準である。女は奥の板の間にいたが、そこは四方の壁も板張りとなっている。突き当りの壁の中央には鉄環が付けられ、そこに縄を打たれた女が繋がれていた。ちなみに、手前の三畳間は畳敷きで火鉢や茶道具などが置いてあり、家主や番人が夜中も詰めることになっている。

惣左衛門は女を見た途端、

(これは――)

と、目を見張った。ぼんやりと床に座る女の両目は焦点を失って天井を見上げ、口は半開きになったままである。正気を保っているようには到底見えない。

「おい、女。名は何と言う」

物左衛門が尋ねても、女からは何の応えもない。

「なぜ豊吉を襲った」

「……」

はたして聞こえているのか、はなはだ疑わしい。

やむなく惣左衛門は玄助に尋ねた。

「この女を知っているか」

「確か名はおしげと言ったかと。永代橋の西詰で商売を始めてもう一年近くになりますかねえ。毎晩のように突っ立っていますね」

「いつもこんな調子なのか」

「ええ、ろくに口も利けないくせに、銭勘定だけは分かるようです。お足を渡せばさっさと股を開いてちゃっちゃと済ませられるてんで、忙しい奴には重宝されています」

「一人で商売はできそうもないが、妓夫《ぎゆう》はおらんのか。ねぐらはどこだ」

「さあ、そこまでは」

そこで惣左衛門は豊吉の方を振り向いて、

「久方ぶりだな。その後変わりはないか」

物左衛門が最後に豊吉に会ったのは、野分《のわき》で壊れた枝折戸《しおりど》の修理に来てもらった昨秋のことである。

「と言いたいところだが、此度はとんだ災難だったな」

「へえ、まったく藪から棒の話で」

「お主はこのおしげを知っておるのか」

「いえ、見たことも会ったこともまるきりありやせん」

「正直に申せ。以前にこのおしげとやらを買ったことがあるのではないか。その時揚代《あげだい》を踏み倒したので、恨みを買ったのであろう」

「とんでもねえ」

豊吉は強く頭《かぶり》を振った。

「かかあが死んでからというものずっと天手古舞《てんてこまい》で、女を抱いてる暇なんぞてんでありゃしやせんでしたよ」

「真《まこと》か。ならば、なぜおしげはお主を襲ったのだ」

「知るわきゃありやせん」

吐き捨てるように豊吉は言った。

「この女はどこをどう見たって気がふれてるじゃござんせんか。おつむがどうにかなっちまって、たまたま通りかかったあっしを襲っただけでしょう。ところで旦那、もう帰ってもよろしいですか。明日は朝っぱらから千住《せんじゅ》まで行かなきゃならねえんですよ」

惣左衛門はおしげに目をやった。豊吉の言うとおり、理由はただ単におしげの乱心であろう。おしげにとって襲う相手は誰でもよかったのだ。二人の間に何らの関わりもなかったのであれば、これ以上豊吉をここに留め置いても無益でしかない。

「そうだな、よかろう」

惣左衛門が承諾すると、豊吉は出口に向かいながら印半纏《しるしばんてん》を羽織った。土佐屋から与えられたものだろう、背には土佐屋の「土」という字が丸で囲まれた屋号が紺木綿地に白く染め抜かれている。土佐屋のような大きな商家では、使用人や出入りの職人に屋号や家紋を入れた半纏を仕着せとして着用させる習慣があり、これを店半纏と言った。

するとその時、やにわにおしげが奇声を上げた。

「きえーっ！」

続いていきなり立ち上がると、豊吉に詰め寄ろうとした。しかし、縄で壁に繋がれているせいで、ほとんど進むことができない。癇立った色になったおしげは、豊吉の顔面に向けて唾を吐きかけた。

「おとなしくしねえか」

そう怒鳴りながら玄助が殴りつけると、おしげは勢いよく床にひっくり返った。

「何でえ、汚ねえな」

豊吉は袖で顔を拭いながら、

「旦那、こんないかれた女はさっさと島送りにでもしておくんなさいよ」

唇が切れたのだろう、口元を赤く染めたおしげは無言で力なく横たわっていたが、不意に再び口を開いた。だが、そこから出てきたのは絶叫でも呪詛《じゅそ》の言葉でもなく、何とも意外なことに子守唄だった。

〈ねんねんことりよ　おことりよ〉

　思いの外澄んだ美しい声だった。しかし、赤子をあやしているわけでもないのに子守唄とはどうしたわけか。しかも歌詞の「ころりよ」と言うべきところを「ことりよ」と間違えている。

「いよいよおかしくなっちまったようだな」

　肩を竦めながら玄助が豊吉に話しかけたが、豊吉の顔色は瞬時に一変していた。目を大きく見開き、荒い息を何度かつく。それから豊吉はにわかにおしげに歩み寄って屈みこむと、着物の裾を割った。

「おい、やめんか豊吉。妙な真似を――」

　惣左衛門が制止するのも聞かずに、豊吉はおしげの脚を露わにした。おしげの左太股の付根に菱形の赤い痣《あざ》があるのが見える。豊吉はじっとおしげの顔を見つめていたが、ほどなく立ち上がって惣左衛門の方を振り向き、

「この女を勘弁してやってもらえませんか」

「いったいどういう風の吹き回しだ。さっきまであれほど厳罰を望んでいたではないか。第一、この一件は吟味物だぞ」

　吟味物とは、今日で言う刑事事件のことである。民事事件に当たる出入物とは異なり、被害者が訴えを取り下げることにより内済にできるような性質のものではない。

「分かってます。ですが、いやただの気まぐれなんですが、急にこの女が哀れに思えてきやしてね。何とかお願いしやす」

「うむ、そうだな」

実際には豊吉は何の被害も受けてはおらず、その豊吉がおしげに対して寛大な処置を求めている。また、手間暇かけておしげをお白洲に引き出したところで、この虚《こ》けぶりではまともな裁きにはならないであろうことも間違いない。

そう考えた惣左衛門はおしげを厳しく説諭したうえで（どこまで理解していたかは大いに疑問だが）、やむなく放免したのだった。


「そうか、豊吉がおしげの名をな……」

鼻を撫でながら惣左衛門は呟いた。惣左衛門は人並外れて長い鉤鼻《かぎばな》を持っており、考え事をする時に無意識に鼻を撫でてしまうのは昔からの癖である。

「承知した。少し探りを入れてみるとしよう」

「ありがとうございます」

「だからお主は家でおとなしくしているのだぞ。十一の娘が日の暮れた後に一人で町をふらつくなど剣呑きわまりない」

「申し訳ありません。なにとぞよろしくお願い申し上げます」

おさとは何度も頭を下げた後、悄然《しょうぜん》として戸田家の門を出て行った。

さほど長く待つ必要はなかった。

惣左衛門は金六町の自身番の中に身を潜め、障子をわずかに開けた腰高窓から外の様子を窺っていた。するとおさとが話していたように、石町《こくちょう》の鐘が暮れ六つを告げて間もなく豊吉が金六町の町木戸を出て行った。

＊　＊　＊

惣左衛門は素早く自身番を滑り出ると、豊吉の後をつけ始めた。満月が煌々《こうこう》と輝いていたので、尾行は容易だった。おさとの言葉どおり、豊吉は脇目も振らず通町筋を北へ急ぎ足で歩いていく。このまま二十五町ほど進めば筋違御門である。

(やはりそうか)

昼のうちに惣左衛門は小者の松吉《まつきち》を柳原土手に向かわせ、聞き込みを行わせていた。松吉は先ほど戻ってきて、つい最近どこからか移ってきた新顔の夜鷹がおり、容姿からしておしげに間違いないようだと惣左衛門に報告した。あれだけの騒ぎを起こしておいてそのまま永代橋で商売を続けるのはさすがに難しかったようで、おしげは柳原土手に河岸《かし》を変えざるを得なかったのだろう。

豊吉はそのことを突き止めておしげに接触しようとしているらしいが、いったい何が目的なのか。一つ考えられるのは、豊吉が自らの手で意趣返しを果たそうとしているということだ。

あの夜豊吉はおしげの赦免《しやめん》を熱心に訴えていたが、あれはただの演技なのではなかろうか。自分を殺そうとした気のふれた夜鷹などお上の裁きには任せておけない、自分の手で始末してやる。大工には気性の激しい者が多く、豊吉もそんな風に思い込んでしまっているのかもしれなかった。

八ッ小路でしばしの間豊吉は辺りを見回した後、柳原通を浅草御門の方に進んだ。和泉《いずみ》橋を過ぎたところで唐突に足を止め、立ち並ぶ柳の木の一つに身を寄せた。目を凝らして前方の様子を窺っている。豊吉が見つめる方向に惣左衛門も目をやると、いつの間にか一人の夜鷹が立っていた。おしげだ。

ほどなくして、職人風の男がおしげに近づいていった。亀甲の屋号が染め抜かれた海老茶色の印半纏を羽織っている。二言三言言葉を交わしただけで話はまとまったらしく、二人はすぐに暗がりの中に消えていった。

その間豊吉は、じっと柳の陰に立ち続けていた。二人が行為に及んでいる最中に、無防備になったところを襲うつもりだろうか。しかしいつまでたっても、豊吉は五間ほど離れたその場から動こうとしない。

(はて、ただ見ているだけとは……？)

惣左衛門は訝《いぶか》った。

(よもやおしげの妓夫になって、見守りでもしているのではあるまいな)

半刻ほどもたった頃、ようやくおしげと男の姿が月明かりに浮かび上がった。男は両国《りようごく》の方に立ち去り、おしげは巻いた筵《むしろ》を胸に抱えて八ッ小路に向かって歩き始めた。どうやら今夜の商売は終わりのようだ。

今度こそ豊吉が行動に出るかと惣左衛門は身構えたが、豊吉はおしげをつけて行くこともなく、その後ろ姿を見送るだけだった。やがて豊吉は踵《きびす》を返して、通町筋を日本橋の方に向かった。金六町に帰るのだろう。

豊吉はおしげへの襲撃を目論んでいる。あるいはおしげの妓夫に納まった。惣左衛門はそう推量したが、いずれも的外れだったようだ。だが、では豊吉は今夜いったい何をしようとしていたのだろうか。

豊吉の行動の意味を測りかね、惣左衛門は首を捻った。

＊　＊　＊

翌朝、惣左衛門は出仕する前に松吉を呼びつけ、いくつか指示を与えた。

「大分昔のことゆえて造作を掛けるかもしれんが、頼んだぞ」

その日通常どおり勤めを終えて惣左衛門が帰宅すると、まだ玄関でおきちに足を洗わせている最中に松吉がやって来た。

「お取込み中に申し訳ございません」

「構わぬ、ここでよい。もう調べがついたのか」

「はい、おおよそのところは」

「おお、でかした。さすがだな」

松吉はいたく目端が利き、その卓越した探索力から惣左衛門の片腕とも呼ぶべき存在となっている。

「品川宿《しながわじゅく》まで往復したので、一日仕事にはなりましたが」

「そいつは御苦労だった。で、豊吉の周囲におしまという女はいたのか」

「豊吉は独立する前、下谷長者町《したやちょうじゃまち》の角蔵《かくぞう》という親方の下で修業し、徒弟として住み込みで働いていました。角蔵には娘が二人いて、そのうち妹の方がおしまという名でした」

「年はいくつだったか分かるか」

「豊吉より七つ八つ下で、豊吉はまだ幼いおしまの子守りをよく任されていたそうです」

「とすると、今は三十前後か」

惣左衛門はおしげの顔を思い浮かべた。どうやら平仄《ひょうそく》は合いそうだ。

「たいそうな小町姉妹と下谷辺りじゃ評判だったそうで」

「では、嫁ぎ先探しには困らなかったのであろうな」

「はい。おしまの姉には婿を取って跡を継がせたのですが、おしまは角蔵が出入りしていた木《き》場《ば》の材木問屋上総屋《かずさや》から是非にと望まれまして」

そこで松吉は眉根を寄せて、

「ですが、おしまは嫁いでから五年ほどで離縁されてしまっております」

「理由は？」

「お定まりの舅姑《しゆうと》との不仲ってやつで、特に姑《しゆうとめ》との仲がどうにもならなかったそうです。うちは大工の娘風情が嫁いでくるような家じゃないと」

「上総屋の方から嫁取りを申し出たのではなかったのか」

「一人息子の麻太郎《あさたろう》という男がおしまをたまさか市村座《いちむらざ》で見かけて一目惚れ、再三懇願して輿《こし》入れに漕ぎつけたのですが、元々姑はこの縁談に大反対だったとか。この麻太郎というのがとんだ甲斐性なしでして」

「おしまを庇ってやらなかったというわけだな」

「幼い頃から溺愛されて育てられたものですから、母親にはまるで頭が上がらず、すっかり言いなりでした。おしまを守るどころか母親と一緒になっておしまにつらく当たり、手ひどく折檻《せつかん》することもしばしばという有様で」

「仕様のない腑抜けだ」

惣左衛門は苦虫を嚙み潰したような顔になった。亡妻のお静に慈しみという感情をついぞ抱くことはなかった惣左衛門だが、かと言ってお静にそのような理不尽な仕打ちをしたことは一度もない。もっとも、そもそもお静とは感情のやり取りがほとんどなかったので、好悪いずれの念も抱くことがなかったというのが実相かもしれないが。

「それでも跡継ぎさえ生まれればおしまの立場もだいぶ変わったのでしょうが、生憎《あいにく》と幾年たっても子はできず」

「で、石女《うまずめ》には用はないとばかりに離縁させられた」

「ええ。おしまを追い出してから三月もたたないうちに、麻太郎は母親の選んだ後添《のちぞ》えを迎えました」

「おしまは実家に戻ったのだな」

「いいえ、違います。そうしたくてもできなかった理由がありまして。例の虎狼痢《ころり》に角蔵と姉がやられちまってたんです」

昨安政五年、わが国は激烈なコレラ禍に見舞われた。長崎から始まった流行は遠く蝦夷地《えぞち》にまで及び、死者は江戸だけでも十万人余に及んだ。歌川広重《うたがわひろしげ》や渋江抽斎《しぶえちゆうさい》もこの時コレラにより命を落としている。安政二年の大地震に続いて日本の屋台骨を揺るがす大災害で、開国に伴う諸色高直《しよしきこうじき》と相まって人心の乱れは一方《ひとかた》ならぬものであった。

「父親と姉が死んで、婿しか残っていなかったのか。それでは、実家と言ってももはや戻ることは叶わぬな」

「ええ。ですが、特段蓄えも手に職もない年増女ができる仕事は限られています。それでおしまは品川の浜屋《はまや》という旅籠《はたご》で仲居として働き始めたのですが、目の回るような忙しさなのに給金は雀の涙ほどでした。簪一つもろくに買えないような苦しい生活に汲々としていたところへ、性悪の女将《おかみ》からそれならもっと稼げる仕事はどうだと誘われ――」

「飯盛女《めしもりおんな》に落ちてしまった、というわけか」

飯盛女は給仕や雑用に従事するという名目で雇われているが、実際にはその多くが宿泊客を相手に売色を行っていた。飯盛女抜きでは宿場の経営は成り立たず、表向き私娼を禁じている幕府もその存在を黙認している。

「はい、半ば無理矢理説き伏せられたらしいのですが、いざ始めてみると存外に水が合っていたようです。おしまは客あしらいが上手で、馴染みがおおぜいついていました。ところが、そのうちの一人とわりない中になって去年やにわに駆け落ちしてしまい、以後は行方知れずとなっています」

「なるほどな」

束の間惣左衛門は沈黙した後、

「ところで、痣のことは何かわかったか」

「旦那様の仰《おつしや》ったとおりです。おしまの左太股には、生まれた時から菱形の赤い痣があったそうです」

「やはりそうか……」

惣左衛門はしばし鼻を擦っていたが、

「今夜から張り込んでもらいたい場所がある。悪いが、毎晩頼む。なに、おそらくそう長くはかかるまい、数日で片が付くであろう」

＊　＊　＊

惣左衛門の予想どおり、早くも翌々日には事態が動いた。

夕七つ（午後四時頃）に上総屋を見張っていた松吉から、金六町の自身番にいる惣左衛門のもとに文が届いた。先ほど使いを頼まれたと思しき小僧が上総屋の店先にやって来て、麻太郎に文を渡して行ったとのことだった。文を読んだ麻太郎は、釈然としない表情だったものの頷いて了承の返事を小僧にしたという。

（となれば、今夜だな）

そう惣左衛門は見込んだが、案の定暮れ六つになると豊吉が長屋を出てきた。後を追うと当然のこと行き先は柳原土手で、惣左衛門は麻太郎を尾行してきた松吉と和泉橋のたもとで合流した。

二人は柳の木の陰に身を潜め、差し向う麻太郎と豊吉の会話に耳を傾けた。

「突然お呼び立てして申し訳ありません」

豊吉が頭を下げると、麻太郎は訝し気な口調で、

「おしまの一件とは、いったい何の用ですか」

と尋ねた。麻太郎は白面の細身で、いかにも大店《おおだな》の若旦那といった風情である。

「もうとうに離縁して、上総屋とは縁もゆかりもないのですよ」

「ところで、お願い申し上げたものはお持ちいただけましたか？」

「ええ、ここにあります」

麻太郎は紺色の印半纏を風呂敷包みから取り出した。背には「上」という字を丸で囲んだ屋

号が白く染め抜かれている。

「いったいなぜ上総屋の仕着せが必要なのですか」

「実は、若旦那に会ってもらいたい人がおりやして。さあ、出て来な」

豊吉の背後に隠れるように立っていたおしげが、麻太郎の前に進み出た。相変わらず何を考えているのか分からぬ呆けた表情だった。

「この女に見覚えはございませんか？」

豊吉の問いに麻太郎は首を傾げて、

「ありませんね……何です、この夜鷹を買えと言うんですか」

「いえ、滅相もない。実は是非に御内聞に願いたい野暮用がございます。ちょいとお耳を拝借」

いかにも内緒話をするように、豊吉は麻太郎の耳元に顔を寄せた。麻太郎がつられてそちらに耳を向けた途端、豊吉がいきなり麻太郎の腹を殴りつけた。

「うぐっ」

麻太郎は一声うめくと、腹を押さえてその場に頽《くずお》れた。豊吉は地面に落ちた上総屋の印半纏を拾い、麻太郎の肩に掛けた。そして、屋号が見えるように麻太郎の背をおしげの方に向かせた。

「こいつが着ているものを見てみな」

おしげに向かって豊吉が声を張り上げた。おしげは麻太郎の方にゆっくりと顔を向けたが、その途端死んだ魚のように濁っていたおしげの目に怪しい光が宿った。豊吉は麻太郎を羽交《はが》い絞《じ》めにすると、おしげに呼びかけた。

「おしまさん、俺が誰だか分かるかい？」

「……」

「昔おしまさんの家で修業をしていて、よくおんぶをしてやったんだ、覚えてるかい？」

「え……？」

おしげはぼんやりとした視線を豊吉の顔に送っていたが、やがて不意に焦点が合ったかのように瞳が輝き、

「豊吉さん？」

と、呟いた。

「ああ、豊吉だよ！　思い出してくれたかい」

豊吉は歓喜の声を上げた。

「さあ、今だ。一思いにやっちまいな」

おしげは髷《まげ》から簪を抜いて、頭上高く振り上げた。

「よくも、よくも。あたしはあんたのせいで――」

そう叫んだおしげが簪を麻太郎の胸に振り下ろそうとしたその刹那、簪が宙に飛んだ。おしげは手首を押さえながらその場に蹲《うずくま》っていた。

「そこまでだな」

惣左衛門が手刀でおしげの手首を打ち据えたのだ。

「二人ともおとなしくお縄につけ」

＊　＊　＊

「あの夜左太股の痣を見て、このおしげという夜鷹はおしまさんなんだと分かりました。ですが、気づいたきっかけは子守唄でした」

惣左衛門は豊吉を和泉橋にほど近い柳原岩井町《いわいちょう》の自身番に連行した。おしまを豊吉と一緒にしておくわけにはいかないので、おしまは隣の平永町《ひらながちょう》の自身番に送ることにした。

「本当なら〈ねんねんころりよ〉と言うところを〈ねんねんことりよ〉と間違えていました。あっしが角蔵親方のもとで修業をしていた時、まだ小さいおしまさんの子守りをちょいちょい任されていました。その時おしまさんをおんぶしながら子守り唄をよく歌ったんですが、おしまさんはどういうわけか聞き違えて〈ことりよ〉と覚えてしまったんです」

遠くを見るような目つきで豊吉は語り続ける。

「あっしが『お嬢さん、違います。〈ことりよ〉じゃありやせん、〈ころりよ〉です。そんな風に間違われちゃ、出鱈目《でたらめ》を教えるんじゃねえと親方に叱られます』と困った顔をすると、余計に面白がって『小鳥さんの歌なのね』と笑い、わざと大声で〈ねんねんことりよ〉と歌うのです。あれには参りました」

「そこでお主はおしまを解き放つようわしに懇願し、後日おしまに接触を図ろうと考えたのだな」

「はい、あの日の翌晩、早速永代橋に向かいました。ところが、おしまさんはどこかに姿を消していました。揉め事を起こしたことで、『お上の目が厳しくなって商売できなくなったらどうするんだ』と他の夜鷹から責められ、永代橋にはいづらくなったようでした。本所吉田町や四谷《よつや》鮫河橋《さめがはし》など夜鷹が出没すると聞いた場所をいくつも歩き回り、十日後に柳原土手でようやく見つけ出しました」

おさとが心配していた豊吉の連夜の外出は、そのためだったのだ。

「然《さ》まで懸命におしまを探そうとした理由は、麻太郎への復讐を遂げさせてやるためだったのか」

「ええ、そうです」

と豊吉は頷いたが、続く言葉は惣左衛門の予想外のものだった。

「それも理由の一つでした」

「一つ？　何か別に理由があったのか」

「昔のまんまのおしまさんに会いたかったんです」

「昔のまま？　だが、おしまはすっかり変わり果てて、かつての面影など微塵《みじん》もないのではないか。当初はお主とて、目の前にいる女がおしまであるとは気づかなかったくらいであろう」

「仰るとおりです。ですが、全部じゃなかったんです」

「全部ではないとは、いかなる意味だ？」

惣左衛門は眉を顰《ひそ》めた。豊吉の言うことはどうも要領を得ない。

「おしまさんは確かにすっかり面変《おも》わりしてはいました。しかし、心の中にあったものまで全部無くなっていたわけじゃなかったんです。ほんの少しだけ、欠片《かけら》くらいは残っていたんです。正気を取り戻して昔のおしまさんに返る時が、わずかですがあるんです。そう、人を殺そうとする時だけ」

「人を殺そうとする時だけ正気を取り戻す……？」

「永代橋の西詰でおしまさんに襲われた時、あっしは土佐屋の印半纏を着ていました。おしまさんが北新堀町の自身番で飛びかかってきたのも、あっしが帰ろうとしてその印半纏を羽織った時でした。

それでもしやと思ったんです。その考えが合っているか確かめるために、あっしはおしまさんの様子を幾晩か観察しました。客には色んな連中がいました。若い奴年寄りの奴、背の高い奴低い奴、太った奴痩せた奴――でも、おしまさんが襲いかかることは決してありませんでした。

中には印半纏を着た職人もいました。その印半纏には亀甲の屋号がありました。どうなることかと息を詰めて目を凝らしましたが、やっぱり何事も起きませんでした」

惣左衛門が尾行した晩の客のことだ。だからか、と惣左衛門は得心した。豊吉がただ遠くから見守っているだけだったのは、おしまがその夜取った客に対していかなる反応を示すか見定めるためだったのだ。

「それではっきりと分かりました。相手の年齢や姿恰好は関係がなく、問題は印半纏の屋号が何なのかだということに。土佐屋の印半纏に付いている屋号は『丸に土』ですが、上総屋の印半纏の屋号はそれとよく似ている『丸に上』です。おしまさんは土佐屋の印半纏を見て、あっしを麻太郎か上総屋の使用人と取り違えて襲おうとしたんです」

「そうか。おしまは上総屋の屋号を目にした時だけは、わずかとは言え本心に復するというわけだな」

それはなぜか。上総屋への怨恨が覚醒するからだ。その憎悪は普段はおしまの心底深くに眠っており、外から目にすることはできない。惣左衛門の園芸への秘めた情熱と同様、あたかも灰の中に隠れた埋み火のように。そして過去の記憶を取り戻した時、瞋恚《しんい》の炎が一気に噴き出す。おしまの胸中は瞬時に燃え上がり、そこに残されたものは復讐の一念、ただそれだけだ。

「正気を失ったからいきなり人を襲う。それなら分かる、さして特異な話ではない。しかし、おしまは違う。正気を取り戻したからこそ、人を襲うというわけか」

「ええ、普通とはあべこべなんですよ。あんまりにも不憫《ふびん》じゃありませんか。正気に戻れるのは上総屋への恨みを思い出した時だけ、おまけに正気に戻った時に真っ先にしようとすることが人殺しだなんて。だからあっしは、おしまさんが思いを遂げるのを手助けしてやろうと考えたんです」

豊吉の頬を一筋の涙が流れた。

「おしまさんが上総屋でひどい目に遭っているという噂は耳にしていました。でも、あっしは独り立ちして間もない頃だったから自分のことだけで精一杯で……それに、そもそもおしまさんの嫁ぎ先にどうこう言える立場でもありません。そうこうしているうちに、いつの間にか離縁されて行方知れずになってしまい、ようやく再会できたと思ったら夜鷹なんぞに……」

今や滂沱《ぼうだ》として溢れ始めた涙を拭おうともせず、豊吉は惣左衛門に詰め寄った。

「どうしておしまさんに思いを遂げさせて下さらなかったんですか。おしまさんがこんな身の上になったのは、元はと言えばみんな上総屋の連中のせいなんですよ。それなのに麻太郎の奴が何の罰も受けずにのうのうと暮らしているなんて、神も仏もねえもんだ、あんまりにも依怙《えこ》の沙汰じゃありませんか」

その場に豊吉は突っ伏し、腕が縄で縛られているので、代わりに額を幾度も床に打ち付けた。

「あのおしまさんが……あんなに可愛らしくておしゃまで……でもあんなに小っちゃくて、子守唄を聞くといつもいつの間にかあっしの背中で眠りこけてしまったおしまさんが……」

その時惣左衛門は、豊吉の言っていた「もう一つの理由」が何であるのか、その答えに思い至った。

「ああ、豊吉だよ！　思い出してくれたかい」

先ほどそう豊吉は叫んでいた。本心に復したその刹那であれば、自分のことを思い出せるのではないか。わずかな正気の欠片の中に自分との思い出が残されていることを確かめられるのではないか。そう豊吉は期待したのだ。

「おしまはお主のことを忘れてはいなかったようだな」
「はい。おしまさんはあっしを覚えてくれていました。あっしだと分かってくれました。あっしの名を呼んでくれました」

たとえ罪を犯すことになろうとも、豊吉はそれを確かめずにはいられなかった。たとえ咎人になろうとも、豊吉はおしまに自分の記憶を取り戻してほしかったのだ。

惣左衛門の心は打ち沈んだ。もし自分が豊吉の立場にあったとしたら、果たして——我が身を省みて、そう思わざるをえなかったからだ。

豊吉の行為は、言わば彼岸に行ってしまったおしまの魂をこの世に引き戻したようなものだ。もしも惣左衛門にお静を冥府から蘇らせられる機会が与えられたとしたら？　己はどうするだろう。いかなる犠牲を払ってでもその機会を生かそうとするだろうか。考えるまでもなく、答えは否だ。

お静が亡くなってから八年あまりが過ぎ、泉下のお静に思いをはせることなどごくわずかである。どのような面立ちだったのか、思い出すのにも苦労する体たらくだ。冷血と非難されても仕方のない自分の心の有り様は承知していたものの、豊吉の熱情と引き比べると、その落差の大きさに惣左衛門は暗然となった。

「お主の心持ちは分からぬでもない」

豊吉に語るべき言葉を惣左衛門は何ら持ち合わせていなかった。しかし、定町廻り同心として無理にも口から絞り出した。

「おしまが夜鷹にまで身を落とすことになった大本の原因は、確かに麻太郎や上総屋の連中にあったのだろう。されど、だからと言って己の手で裁こうとすることなど許されるわけもない。得手勝手に御法度《ごはっと》を破ってはならぬのだ……」

決して誤りではない。正論そのものだ。だが同時に、何と凡庸かつ空虚極まりない台詞《せりふ》であることか。

そう胸奥《きょうおう》で自嘲しながら、惣左衛門は蹲って慟哭し続ける豊吉の背中をただ愁然《しゅうぜん》と見つめ続けるのみであった。

＊　＊　＊

「よし、ここらでよかろう」

惣左衛門は松吉に指示して、豊吉とおしまを後ろ手に縛っていた縄を外させた。

「戸田様にはたいへん御迷惑をおかけしました」

豊吉は惣左衛門の方へ向き直ると、幾度も深く腰を曲げた。

「お裁きの時も一方ならぬお骨折りをいただきまして」

一同は品川宿の外れ、宿境を示す傍示杭の脇に立っていた。豊吉とおしまは江戸払の刑に処せられ、江戸から追放されることになったのだ。

本来であれば、遠島となってもおかしくはない罪状であった。しかし、おしまが心を病んでいること、犯行が未遂に終わったこと、外聞を憚《はばか》った上総屋から宥免願が出されたことなどが考慮され、厳刑は見送られたのである。惣左衛門が北町奉行に直談判して寛大な処分を求めるなど、陰で奔走したことも奏功した。

「藤沢《ふじさわ》に行くそうだな」

惣左衛門が問うと、豊吉は思いの外晴れやかな顔で、

「はい、遠縁の者がおりまして、しばらく厄介になるつもりです。大工で飯が食えれば一番ですが、野良仕事でも何でもするつもりです」

「そうか、くれぐれも体には気を付けるのだぞ。だが、それにしても……」

そう言いかけて、惣左衛門は言葉を濁した。少し離れた路傍に屈みこんだおしまを見やる。豊吉はその視線の意味を察したらしく、

「まさか一人にはできませんからね」

と言って、微笑んだ。追放された咎人同士がともに暮らしてはならないという定めはないので、豊吉は藤沢でおしまとともに暮らすことに決めたのだ。

「されど、あえて苦労を背負い込まずとも――」

裁きが終了するまでの二十日余り、おしまは伝馬町《てんまちょう》牢屋敷の女牢に収容されていた。だがおしまは、そこがどこなのか、なぜ自分がそこにいなければならないのか、皆目理解できていないようだった。今も道端でススキの穂が秋風に揺れるのをただぼんやりと眺めている。

いったいこの女子《おなご》の心のどこにあのような激情が埋もれていたのか、到底信じられぬほどあ

えかな面差しだった。野良仕事はもとより、いかなる家事もこなすことは不可能であろう。異土での慣れぬ生活に有用などころか、足手まといになるのが落ちだ。

「いいんですよ」

惣左衛門の言葉を豊吉は途中で遮った。

「夜鷹なんぞをやめて田舎でのんびり暮らしてれば、きっと少しずつでも良くなっていくでしょう。よしんばまるで治らなくて、何もできないままでも構いません。昔子守りをしてやってた時みたいに二人でいられるんですから、それでいいんです。一緒にいてくれるだけでいいんです」

「……」

豊吉の心根は共感しうる範疇のはるか外にあったので、惣左衛門は沈黙以外の応えを返すことができなかった。惣左衛門の表情が硬くなったことに気づいたためか、豊吉はふと話題を変えて、

「おさとの身の振り方まで御心配いただきまして、ありがとうございました」

と、頭を下げた。

追放された罪人に対する家族の同行や同居は禁じられている。そのためおさとは一人江戸に残ることとなったのだが、身を寄せられるような縁戚は市中には誰もいない。そこで惣左衛門は、職務上付き合いのある呉服問屋の越前屋《えちぜんや》におさとが下女として奉公できるよう周旋したのである。

「おさとにはとんだ苦労をさせることになって、すまないと思っています」

「ああ、だがおさとはまことに働き者だ、どんな場所でも立派に勤めていけるであろう」

その時、遠く芝切通《しばきりどお》しの時の鐘が朝五つ（午前八時頃）を告げた。

「では、そろそろ参ります」

豊吉は深々と辞儀をすると、おしまのもとに歩み寄り、肩を叩いた。おしまはふらりと立ち上がると、抗《あらが》う素振りも見せずに豊吉に手を引かれるままゆっくりと歩き始めた。

（一緒にいてくれるだけでいい、か……）

惣左衛門は二人の背中を見つめながら、心中で吐息を漏らした。花木にではなく、一人の女性に対する熱い想いを胸奥に秘め続ける――そんな心境になる時が自分に訪れることは最早あるまい。

遠ざかっていく二人の後ろ姿は今や豆粒のように小さくなっていたが、惣左衛門は微動だにせずその場に立ち尽くしている。豊吉とおしまの頭上に広がる秋の空はどこまでも青く澄み渡っていた。

逃げ水

安政七年三月三日。その日の江戸は明け方から季節外れの雪が降り、町は皚々《がいがい》と白一色に染められていた。

上巳《じょうし》の節句は在府の大名たちの総登城日である。朝五つ（午前八時頃）になると、各藩の行列が次々と江戸城内に吸い込まれていった。

朝五つ半（午前九時頃）、彦根《ひこね》藩主で大老の井伊直弼《いいなおすけ》の行列が彦根藩上屋敷を出発した。彦根藩は石高三十万石の大藩で、行列は足軽などを含めて総勢六十名余り。外桜田《さくらだ》に位置する彦根藩上屋敷から桜田門までは、わずか四町（約四百四十メートル）ほどの距離であった。

行列が豊後杵築《ぶんごきつき》藩邸（現在の警視庁）前を通り過ぎようとした時である。出し抜けに一人の武士が行列の先頭に走り寄った。水戸脱藩浪士の森五六郎《もりごろくろう》だった。

「御願いの儀がございまする！」

森は訴状を差し出しながら叫んだ。供侍の日下部三郎右衛門《くさかべさぶろうえもん》は森を駕籠訴《かごそ》の者と思い込み、

「ならぬ！　下がれ！」

と怒鳴りながら、森を追い払おうとした。すると森はいきなり抜刀して日下部を斬りつけ、面を割られた日下部は悲鳴を上げながら雪の上に倒れ伏した。それを見た駕籠脇の供侍たちが急いで前方に走っていくと同時に、足軽や駕籠舁《か》きたちは驚いて逃げ散ってしまったため、駕

籠の周囲はほとんど無人となった。

その時、一発の銃声が轟いた。黒澤忠三郎《くろさわちゅうざぶろう》が所持する短銃から発射されたもので、それを合図に十七人の浪士たちが喚声を上げながら彦根藩の行列に斬り込んだ。大名行列の見物客を装って、堀端や杵築藩邸の塀の陰に潜んでいたのである。

降り続く雪が襲撃側には有利に働いた。彦根藩士たちは水が染み込まぬよう両刀に柄袋をはめており、そのため咄嗟《とっさ》に刀を抜いて反撃することができず、浪士たちに次々と打ち倒されていったのだ。

それでも、駕籠周りに残ったわずかな供侍は大いに奮闘し、河西忠左衛門《かさいちゅうざえもん》や今村右馬助《いまむらうますけ》らは浪士たちの攻撃を退けて駕籠を死守し続けた。しかし所詮は衆寡敵《しゅうかてき》せず、間もなく河西は惨殺され、今村も重傷を負って昏倒した。

警護する者が誰もいなくなった駕籠の戸を、有村次左衛門《ありむらじざえもん》が荒々しく引き開けた。有村は襲撃者の中でただ一人の薩摩《さつま》藩士である。有村は直弼の髷《まげ》を摑んで駕籠の中から引きずり出すと、

「キィエエイ！」

と甲高い奇妙な声を上げて、直弼に向かい刀を振り下ろした。

「井伊掃部頭《かもんのかみ》殿が御首級《みしるし》頂戴したり――！」

有村が勝鬨《かちどき》を上げながら、上空に刀を突き上げた。その先端にはざんばら髪になった直弼の首が刺さっている。赤鬼と恐れられた幕府の最高権力者のあっけない最期であった。

筆を持つ手が激しく震えた。筆先から墨が滴《したた》り落ち、紙の上に大きな黒い染みを作る。

(無理だな)

＊　＊　＊

戸田惣左衛門は筆を放り出すと、大きな溜息を一つついた。

三日前に南鍋町《みなみなべちょう》の紙問屋に押込んで二十両余りを奪った下手人を、惣左衛門は本日見事に捕縛したばかりである。にもかかわらず、惣左衛門の顔色はひどく険しかった。町奉行に提出する報告を認《したた》めるべく半刻ほど前から詰所で文机《ふづくえ》に向かっているのだが、皆目筆が進まない。その原因は、今しがた同僚の菊池《きくち》から聞かされた話にあった。

昨日非番だった菊池は、娘の加絵《かえ》とともに猿若町《さるわかちょう》の中村座《なかむらざ》に足を運んだ。菊池は惣左衛門と同様に歌舞伎には何の興味も持っていないものの、加絵が大の芝居好きで、弥生《やよい》狂言に連れていってほしいと強くせがまれたからだった。菊池父子は昼八つ(午後二時頃)に中村座に到着したのだが、その時菊池は惣左衛門の長男の清之介《せいのすけ》が鼠木戸を潜って中に入っていくのをたまたま見かけたのだという。

「何やらこそこそと人目を憚《はばか》るような素振りでしたな」

清之介は月に二度湯島《ゆしま》の昌平坂《しょうへいざか》学問所に通っており、昨日がその日に当たっていた。講義は午前中で終了するから、午後は剣術の道場に出向いて稽古に励む予定だったはずなのだが、よもや猿若町などで道草を食っているとはまったく想像の埒外だった。

とは言え、今にしてみれば思い当たる節もある。今朝清之介は、半刻ほど庭で素振りをしていた。惣左衛門は縁側で廻り髪結いに髪を結わせながらその様子を観察していたのだが、清之介が顔の汗を拭うために二、三度休息を入れた時があった。

その時清之介が用いた手拭いの図柄は、鎌と丸い輪と平仮名の「ぬ」とを並べたものだった。奇妙な文様だなと惣左衛門は思ったものの、それ以上の注意は向けなかった。先ほど菊池に訊いてみると、その図柄は「構わぬ」と読む判じ物で、昨年亡くなった七代目市川団十郎《いちかわだんじゅうろう》が愛用していたそうだ。昨日中村座に行った時に土産として買い求めたに違いない。

剣術の稽古を怠ったばかりか、事もあろうに芝居見物とは武士の風上にも置けぬ。惣左衛門の心中は激しい怒りにたぎっていた。平静な心持ちで筆を執ることなど、まったくもって無理な注文だった。

できるものなら今直ちに奉行所を飛び出して、清之介を詰問したいところだ。言い訳は一切無用、厳しく叱責しなければならぬ——と総身の血を頭に上らせた時、

(いや、待てよ)

惣左衛門は不意に思い直した。

確かに如何《いか》にも不届き千万かつ不埒極まる沙汰だ。この愚行の最大の原因は、清之介の女々しく惰弱な心根にある。そのことは論を俟《ま》たないが、しかしもしや母がいないということが何らかの影響を及ぼしてはいないだろうか。

お静が不帰の客となって以来、戸田家では母親が不在の状態が長年続いている。下女さえいれば炊事や洗濯といった家事はすべて間に合うため、それで何らの支障もないからだった。しかし実を言えば、理由はそれだけではない。

物左衛門は妻を娶《めと》り、子を二人も儲けていながら、これまでの生涯で女性を愛しむという経験をついぞ持っていなかった。それは己が心に抱える瑕疵《かし》が原因であると十分に自覚していた。それゆえ自分には後添《のちぞ》えを迎える資格などなく、独り身を貫こうと思い定めていたのだ。

けれども、今回のような怪《け》しからぬ所業を惣領の清之介が行ったとなれば、いささか話は変わってくる。お静の死が清之介の心に及ぼした影響は決して小さくなかったはずだのに、結果としてそのまま放置した形になってしまっている。お静もたいそうな芝居好きで、生前清之介をしばしば猿若町に連れ出していた。清之介は母のいない心の隙間を芝居見物によって埋めようとしているのではないだろうか。

物左衛門は清之介を戸田家の跡継ぎとして厳格に育ててきた。弟の源之進《げんのしん》に比べれば見劣りする点は多々あるものの、それなりの成果は上がっていると思っていた。しかしながら、今回のような過ちを仕出かしたとなれば、遺憾ながら不首尾であったと判断せざるを得ない。

清之介のような意気地なしに対しては峻烈なだけの指導では限界がある、いやむしろ逆効果のようだ。こうなると方針を改めて、後添えの件も検討する必要があるのだろうかと眉を曇らせた時、

「戸田様。客人がお見えです」

無足見習になったばかりの三田《みた》という若い同心が声を掛けてきた。

「客人？」

三田は妙ににやついた顔で、

「大年増ですが、たいへん﨟長《ろうた》けた女人でございますぞ」

三田の近くに立っていた平野《ひらの》という同心が、慌てた表情で三田の脇腹を肘で突いた。惣左衛門は女性という存在自体への関心が薄く、遊里にも強い嫌悪感を抱いている。そのため惣左衛門の前では色事や悪所通いに関する話題は何によらず厳禁であり、そのことは北町奉行所の中では暗黙の了解となっている。まだ奉行所に勤め始めて日の浅い三田は、どうやらその不文律を知らないらしい。

「名は？」

目の端で三田をねめつけながら、惣左衛門は短く問うた。三田は直立不動の姿勢になって、

「彦根藩の今村家の者と申しております」

「今村とな……？」

と呟きながら、惣左衛門は立ち上がった。確かに知己の中に今村という名の彦根藩士はいる。しかし女性となると、一向に心当たりがない。

詰所を出た惣左衛門は、首を捻りつつ玄関に向かった。不安げな面持ちの女性が一人三和土《たたき》に佇んでおり、その瓜実顔《うりざねがお》を見て惣左衛門はようやく来客が誰か思い当たった。名は確か――

「美輪《みわ》殿」

そう声を掛けながら、惣左衛門は女性のもとに歩み寄った。今村右馬助の姉、美輪である。半年ほど前に一度、右馬助に同道してきた因幡屋《いなばや》で顔を合わせたことがある。

「お久しゅうございます。奉行所に何かご用事でも？」

その時惣左衛門は、遅まきながら右馬助の役職が藩主の警護を担う馬廻りであることを思い出した。彦根藩と言えば、つい七日前に藩主の井伊直弼が桜田門外で水戸の脱藩浪士たちに襲撃されたばかりである。右馬助があの事変に巻き込まれたのだろうかとにわかに不安を覚えて、

「よもや右馬助殿に何か――」

「戸田様！」

出し抜けに美輪が惣左衛門の足元に跪《ひざまず》いた。惣左衛門を見上げる美輪の双眸《そうぼう》から大粒の涙が溢れ出る。

「どうか弟をお助けくださいませ。なにとぞお願い申し上げます」

そう訴えながら、美輪は額を三和土に擦りつけんばかりに頭を下げた。惣左衛門は言葉を失い、周章狼狽した。眼下の美輪のうなじが白く輝き、惣左衛門の目にいたく眩しく映った。

＊　＊　＊

その日の夕刻、惣左衛門は奉行所を退出したその足で、赤坂御門《あかさかごもん》近くの彦根藩中屋敷を訪れた。途中桜田門に立ち寄ってみたが、無論遺体はすべて片づけられ、道もきれいに清められて

いて、事件を想起させるような痕跡は何一つ残されていなかった。

さすが譜代大名筆頭の彦根藩とあって、中屋敷であっても一万四千坪余の広大な規模を誇っている。惣左衛門が番所の門番に取次ぎを依頼すると、ほどなく老年の武士が急ぎ足で現れた。

「今村善右衛門《ぜんえもん》でござる。本日は愚息のためにご足労いただき、真《まこと》にありがとうございます」

善右衛門はどっしりとした体格で、鬼瓦のようないかつい面相だった。丁寧に辞儀をすると、惣左衛門を自邸に案内した。

藩主が江戸滞在中の時だけ国元の彦根から単身で赴任してくる者を勤番と呼ぶが、その多くは外桜田にある上屋敷の長屋で起居している。一方今村家は江戸定府《じょうふ》の家柄であるため、中屋敷内に狭いながらも独立した屋敷を与えられて妻子とともに居住することが認められている。

「たいそう取り散らかしておりまして、汗顔の至りですが」

惣左衛門を先導しながら善右衛門は言い訳めいた口調で、

「愚妻が鬼籍に入ってから、もう五年になりまする。今は美輪が奥向きのことを差配しておりますが、まったく不調法者でして」

善右衛門の亡妻の多美《たみ》は長らく病床に臥《ふ》し、美輪は懸命に看病を続けた。多美が亡くなった後は、美輪が右馬助や隠居した善右衛門の世話を見てきたが、そのため美輪は婚期を逸していつしか三十路《みそじ》を超えてしまったのだという。

「美輪にとっては酷な仕儀となってしまいました」

善右衛門は話好き、と言うより口が軽いと評すべきだろう。惣左衛門が問うたわけでもない

のにそんな家の内情を饒舌《じょうぜつ》に語った。だがそのおかげで、

（そういうわけだったのか）

と、惣左衛門は得心が行った。鉄漿《かね》をつけぬ白歯であるから美輪が嫁入り前であるのは一目瞭然だったが、なぜこの年齢になっても輿《こし》入れしていないのだろうと内心不思議に感じていたのだ。

右馬助は屋敷の最奥、日当たりの良くない四畳半の一室にいた。部屋の隅には美輪も沈鬱《ちんうつ》な面持ちで控えている。

「お久し振りでございます」

小さくかすれた声で右馬助は言った。右馬助のあまりの変貌ぶりに、惣左衛門は目を見張った。頬がこけ、目は落ちくぼみ、月代《さかやき》や鬚髯《しゅぜん》は伸び放題である。

「御見苦しいところをお見せして申し訳ございません」

右馬助は齢《よわい》二十一。惣左衛門の知る右馬助はおよそ善右衛門には似ず、すらりと伸びた体軀に端整な面差しで、九郎判官義経《くろうはんがんよしつね》もかくやと思わせる紅顔の若武者といった風情を漂わせていた。しかし今は、そんな日頃の凜々しさは見る影もない。

「辛うじて公式の処分は免れておりますが、自ら進んで蟄居《ちっきょ》謹慎せざるを得ない状況です」

惣左衛門が右馬助と初めて出会ったのは、二年前に行われた花合せの席上であった。花合せとは、園芸の好事家たちが自分の育てた花々を持ち寄り、その咲きぶりを競う集まりである。花合せの席では、武士も町人も一人の園芸愛好家として、身分の上下や立場の違いを超えて参

加することができる。

町方の同心である惣左衛門が職務上は何の関わりもない井伊家陪臣の右馬助と顔見知りであることには、そうした事情があった。とりわけ牡丹《ぼたん》の栽培を好むという点で二人の興味は一致し、この二年間惣左衛門は年齢の壁を越えて右馬助と親しく交わっていた。

「具合はいかがですか」

右馬助は重傷を負って五日も昏睡状態にあったと、惣左衛門は美輪から聞いていた。

「幸い痛みはだいぶ薄らぎました」

「それは重畳。此度の儀はまことに無念でござったことでしょう」

「殿をお守りすることができず、不面目の極みでございます」

両目を潤ませながら、右馬助は声を絞り出すようにして言った。

「美輪殿から貴殿の苦境を伺い、参上仕《つかまつ》りました」

「お手を煩わせて恐縮です。只今拙者は剣が峰に立たされ、明日をも知れぬ身となり果てております」

「身を挺して主君を守ろうとした貴殿になぜさような疑いが?」

「無論まったくの濡れ衣です。身に覚えなど微塵《みじん》もございません。ですが、目付の連中は口を揃えて言い立てるのです。殿を撃ったのは拙者以外にはあり得ぬ、と」

この頃幕府と水戸藩は激しく対立し、その関係は抜き差しならぬものとなっていた。原因は、将軍継嗣《けいし》および日米修好通商条約調印問題にあった。

将軍継嗣問題は、十三代将軍家定《いえさだ》が病弱暗愚で、嗣子がいなかったことに端を発する。その後継者に紀伊《きい》藩主の徳川慶福《よしとみ》を推す南紀派と、英邁の誉れ高い一橋慶喜《ひとつばしよしのぶ》を推す一橋派が暗闘を繰り広げた。井伊直弼は南紀派の巨魁であり、一橋慶喜は前水戸藩主徳川斉昭《なりあき》の実子である。安政五年四月大老に就任した直弼は慶福を後継者とすることに成功し、同年十月慶福は家茂《いえもち》と名を改めて十四代将軍に襲職した。一橋派の完敗であった。

またこれに先立つ同年六月、直弼は孝明《こうめい》天皇の勅許《ちょっきょ》が得られないまま日米修好通商条約に独断で調印した。このことに抗議するため斉昭や現藩主の慶篤《よしあつ》らが不時登城したが、直弼は急度《きっと》慎《つつしみ》などの厳罰に処した。さらに、同年八月違勅調印に激怒した孝明天皇が水戸藩に戊午《ぼご》の密勅《ちょく》を下すと水戸藩に対する弾圧は激化し、幕府は勅諚《ちょくじょう》の諸藩への伝達を禁ずるとともに、慶篤に差控《さしひかえ》、斉昭に永蟄《えい》居、家老安島《あじま》帯刀《たてわき》に切腹という苛烈な処分を下した。

水戸城下には直弼に対する怨嗟の声が満ち溢れ、急進派の間で直弼討つべしという機運が急激に高まった。水戸藩領に潜入させた間者《かんじゃ》からその情報を得た彦根藩は警戒を強め、直弼の駕籠脇にはとりわけ腕の立つ者を配置することとした。

そのため浪士たちの襲撃が開始された時、馬廻りの中でも一際手練《てだ》れの右馬助は供侍として直弼の乗った駕籠のすぐ側を歩いていた。

（もしやこの雪に乗じて襲ってくるやもしれぬ）

万が一に備えて右馬助は警戒を怠らず、あらかじめ柄袋の紐をゆるめておいた。それゆえ黒澤忠三郎の撃った短銃を合図に次々と敵が襲いかかってきた時もすばやく対処することができ、右馬助は浪士たちを片端から薙《な》ぎ倒していったのだ。

しかしながらいかんせん多勢に無勢、やがて右馬助とともに死闘を繰り広げていた河西忠左衛門が斬り倒され、孤軍奮闘の右馬助は防戦一方となった。直弼の乗った駕籠は右馬助の背後二間ほどの位置にあったが、振り返って様子を見る余裕など毛ほどもない。幾人目だったろうか、裂帛《れっぱく》の気合とともに突進してきた長身の浪士を辛うじて斬り捨てた時、

「殿、危のうございます」

と、同じく馬廻りの荻原源太夫《おぎわらげんだゆう》が駕籠に向かって掛ける声が背後から聞こえた。さすれば殿はまだ御無事なのだなと安心しかけたその刹那、再び銃声が響いた。そして、それとほぼ同時に、

「ぎゃあ!」

という大きな悲鳴が右馬助の後方で上がった。慌てて振り返ると、荻原が駕籠の引き戸の前にうつ伏せに倒れていた。いつの間にか一人の大兵の武士が駕籠のすぐ脇に立っており、荻原の体越しに手を伸ばして引き戸を開けようとしている。荻原の背は真っ赤に染まっており、この武士に背後から切りつけられたようだ。後に聞いたところによると、その武士が有村次左衛門であった。

「おのれ!」

右馬助は有村を阻止しようとしたが、その時二人の間に割って入るように横から中背の浪士

が飛び出してきた。右馬助はその浪士と鍔《つば》迫り合いになり、駕籠に近づくことができない。その間に有村は引き戸を開けると、中からぐったりとしている直弼を乱暴に引きずり出した。有村の刀が直弼に向かって一閃する。

「殿っ――！」

右馬助の絶叫が雪空に空しく響いた。

「井伊掃部頭殿が御首級頂戴したり――！」

高らかに勝鬨を上げた後、有村は意気揚々とその場を引き揚げようとした。

（させるものか）

何としてもこの浪士を斬って殿の仇を討ち、殿の首を取り返さなければならない。右馬助の焦りは募り、そのために重大な失策を犯すこととなった。眼前の敵への注意が疎《おろそ》かになり、一瞬の隙を突かれて袈《け》裟《さ》懸《が》けに斬られ、その場に昏倒してしまったのだ。

右馬助は人事不省に陥り、ようやく目を覚ましたのは五日後のことだった。右馬助が覚醒したという知らせを早速耳にしたのだろう、目付の鈴木《すずき》新左《しんざ》衛《え》門《もん》が押っ取り刀で駆けつけてきた。

「と、殿は……殿の御首級は？」

最も憂慮していた点を右馬助は真っ先に尋ねたが、鈴木はその問いを黙殺してまったく別のことを口にした。それは見舞いや労《ねぎら》いの言葉ではなかった。それどころか、右馬助が掻《か》い暮《く》れ予想していないものだった。

「殿を短銃で撃ったのはお主だな」

鈴木が何を言っているのか理解できず、右馬助はぽかんと口を開けたまましばらく無言でいた。

「おい、聞いておるのか」

「拙者が殿を?」

「ああ、そうだ。白を切るつもりか」

「何を仰《おっしゃ》っているのか、一向に……」

「誤魔化そうとしても無駄だぞ。よいか、殿を撃てた者はお主以外にはおらんのだ」

苛立った口調で鈴木は言い立てた。

直弼の直接の死因は首を切断されたことだが、実は駕籠から引きずり出される以前に既に致命傷を負っていた。銃弾が直弼の太股から腰を貫通し、多量に出血していたのだ。

一発目の銃弾は合図として空に向けて撃たれた。だから直弼に深手を負わせたのは第二の銃弾であり、それを撃ったのは無論第一の発砲と同一人であると当初は思われた。ところが、駕籠をよくよく調べてみると、奇妙な事実が判明した。駕籠のどこにも銃弾が貫通した穴がないのだ。銃弾が駕籠の外から飛来したのであれば、当然穴が開いていなければならない。

「殿は自ら剣を取られて、賊どもに立ち向かおうとなされたのかもしれませぬ」

右馬助は口をはさんだ。直弼は居合の達人としても名高く、自ら「新心新流」という新しい流派を立てたほどである。

「外に出ようと戸をお開けになられた、まさにその時に撃たれてしまったのでは」

「殿、危のうございます」という荻原の言葉を右馬助は耳にしていた。直弼が引き戸を開けたので、荻原はそう注意したのではないだろうか。

「それはあり得ぬ話ではない。だがそれならば、戸の内側に殿の血は付かぬはずだ」

直弼の傷口からは少なからぬ血が噴出し、駕籠の戸の内側にも飛び散っていた。しかし戸は観音開きではなく、開閉時には大きな一枚板が横滑りする引き戸の形式である。引き戸を開けると、戸全体が駕籠本体から横の空間に完全にはみ出たような恰好になる。引き戸が開けられた状態であれば、直弼の血が戸の内側に付着することはあり得ない。

「第一、賊が殿の駕籠に手を掛けた時、戸は閉まっていたのであろう」

それは間違いない。右馬助自身の目でその場面を目撃していた。確かに引き戸は閉じられていた。

「そうなりますと……はなはだ意想外のことではありますが」

右馬助は未だ鈍痛の残る頭を懸命に働かせながら、

「もしや殿は自死なさろうとしたのではないでしょうか。御自分で御自分を撃たれたのです。そうであれば、駕籠に銃痕がなく、また戸の内側に血がついていたことの説明がつきます」

「たわけ。自死なさらねばならぬどんな理由が殿にあったというのだ。おまけに、それならば駕籠の中に短銃が残されていなければならぬはず。だが、さようなものは元より見つかってはおらぬ」

「ですが、それではいったい――」

「となれば、考えられる手立ては一つしかない。短銃を所持していた者が他にもう一人いたのだ。そやつは手首が入る最低限の幅、おそらく三、四寸ばかり引き戸を開け、そこから駕籠の中に短銃を持った手首を差し入れて殿を撃った。さすれば駕籠には銃痕は残らず、また引き戸はほとんど開けられていないのだから戸の内側に血が飛び散ることになる」

「それが拙者だと仰るのですか」

「そうだ。決まっておろう」

鈴木は苦々しげな口吻《こうふん》で、

「そんなことのできる機会を持っていたのは、駕籠のすぐ側にいた荻原とお主の二人しかいない。だが、荻原は既に斬られて死んでいた。後はお主しか残っておらんではないか」

「拙者は殺到してくる浪士たちと必死で切り結び続けておりました。あの乱戦の中でさような真似をしている暇などあろうはずがございません」

「乱戦だったからこそ可能だったのだ。お主が何を仕出かそうとも気に留めるだけの余裕がある者など誰もおらん」

「拙者がさような逆賊であると真にお考えなのですか。殿を弑《しい》し奉《たてまつ》らねばならぬ理由など露もあろうはずが――」

「お主の母は水戸藩出身だったな」

そのとおりであった。鈴木の言わんとするところを察した右馬助の顔から血の気が引いた。右馬助が水戸藩に内応していると疑っているのだ。

水戸藩と彦根藩が犬猿の仲となっている現在では、両者の間での縁組などあり得べくもない。しかし、善右衛門が多美を見染めて嫁とした十五年前はまだ黒船の来航すらなく、両藩の関係は至って良好だったのだ。

「水戸の浪士どもは、襲撃の成否に自信が持てなかった。殿を確実に亡き者とするためには、内通者が不可欠だった。そこで、自藩と縁があり、常に殿のお側に控えるお主に目を付けた。お主を抱き込むための餌は金か女か、それとも水戸藩での出世の約定だったか。いずれにせよ欲に目がくらんだお主はあっさりとわが藩を裏切り、水戸藩と密かに通じたのだ」

「拙者は短銃など所有しておりませぬ」

「無論連中が用意し、お主に渡したに決まっておる。お主はその短銃を懐に隠し、何食わぬ顔で殿のお供についた。そして犯行を終えると直ちに、どさくさに紛れて浪士の誰かにこっそりと返した。短銃をそのまま持っていては、お主の仕業であることの明白な証しとなってしまうからだ」

「お待ち下さい、お取り違いでござ――」

「ただし、浪士どもが殿を討ち取ったという形にしなければ、奴らの手柄にはならぬ。そこでお主は、予《あらかじ》め駕籠の中の殿を銃撃して身動きできなくさせる役目を担うことになったわけだ。連中が殿の止《とど》めを容易に刺せるようにな」

「……」

まったくの言いがかりであり、右馬助は唖然として言葉もない。しかし鈴木は、右馬助の沈黙に付け込むようにまくし立てた。

「荻原のみならず、多くの供侍が討ち死にした。ところが、お主は手傷を負ったものの、命に別状はなかった。駕籠の最も近くにいて奮戦したという割には、何とも不可解な話ではないか。裏切りを悟られぬよう、自分も浪士たちと本気で渡り合ったと見せかけるために、わざと申し訳程度に斬られたのであろう」

扇子の先端を右馬助の鼻先に突きつけながら鈴木は言い放った。

「明智《あけち》光秀《みつひで》にも勝る不忠者めが。さあ、有り体に白状せよ」

「うーむ」

四半刻余りをかけて右馬助がようやく語り終えた時、思わず惣左衛門は唸り声を漏らしていた。今の右馬助の話を聞く限り、確かに鈴木が指摘した方法以外に直弼を銃撃する術《すべ》はないだろう。長い鼻を擦りながら、しばしの間惣左衛門は沈思黙考していたが、

「実際には貴殿と荻原殿以外にも、駕籠に近づけた者が御家中にはいたのではないでしょうか。さように混乱した状況であれば、さして難しいことではなかったはずです」

「仰るとおりだとは存じます。誰もが眼前の敵と戦うことで精一杯の有様でしたから。ですがそれだけに、仮にいたとしてもそれが誰かを割り出すことは至難の業です」

生き残った彦根藩士全員に尋問できたとしても、誰がいつどのような行動をとったのか完全に解明することは困難だろう。加うるに、そもそも町奉行所の一同心に過ぎない惣左衛門は、

大名の家臣である藩士たちを詮議する権限を与えられていない。

「御遺体や駕籠を見せていただくことはできませぬでしょうか」

実物の遺体や駕籠を見てみれば、何か糸口が見つかるかもしれない。そう期待して惣左衛門は尋ねてみたが、

「到底叶わぬかと存じます」

直弼暗殺は即日天下に周知の事実となったが、直弼は公式には怪我を負っただけとされていた。跡目相続の手続きが済んでいないため、幕府が死亡の事実を認めてしまうと井伊家を断絶させなければならないからである。事変の翌日には将軍家茂から直弼に病気見舞いの朝鮮人参が贈られるなど、幕府と彦根藩が揃って口裏合わせに躍起《やっき》だった。

そのような状況の中で、遺体という直弼死亡の直接の証左を部外者である惣左衛門が調査するなど金輪際できることではなかった。

「それに、そもそも駕籠はもう残っておりません」

直弼暗殺に激怒した彦根藩邸では、事件当日のうちに駕籠を焼き捨ててしまっていた。

「うーむ」

惣左衛門は鼻梁に手をやりながら再び唸った。そうなると、今聞かされた話が得られる手掛かりのすべてということになる。何とも雲を摑むような話であり、徒手空拳同然のこの状況では満足のいく探索など望むべくもない。断るしかあるまいと判断した惣左衛門が、

「残念ながら――」

と口を開きかけた時、

「なにとぞお力添えを賜りますよう」

それまで沈黙していた美輪が身を乗り出して、

「戸田様だけが頼りでございます」

惣左衛門の目をひたと見つめながら言った。

(ああ、そうか)

その時突然、惣左衛門は思い当たった。どこかで見たことがあるようなと初めて会った時から首を傾げていたのだが、美輪の切れ長の目は亡妻のお静のそれを彷彿《ほうふつ》させる。お静についての記憶はとうに曖昧模糊《あいまいもこ》とした状態になっていたので、今まで気づかなかったのだ。耳や顎の形は異なるが、目や鼻の辺りから受ける印象が驚くほどお静と似ている。

「承知いたしました。渾身の力をもって臨みたいと存じます」

我知らず惣左衛門はそう言明していた。

＊＊＊

(とんだ出放題を吐いてしまった)

浅草寺《せんそうじ》から奉行所への帰途についた惣左衛門の足取りは何とも重いものだった。

(おまけに清之介と来たら、性懲りもなくまた芝居だ)

今日四月八日は釈迦の誕生を祝う灌仏会《かんぶつえ》であり、江戸市中の各寺院は多くの人出で賑わう。とりわけ浅草寺は数多《あまた》の老若男女が参拝することで知られ、惣左衛門ら町廻り同心も警備のために駆り出されたのである。

ただし警備と言っても、汗水たらして下手人たちを追跡する日頃の職務に比べれば、朝駆けの駄賃のようなものである。

「これこれ、列を乱すでないぞ」

参詣客に時折注意を与えながら、惣左衛門は甘茶の香りが漂う境内をのんびりと見て回っていた。ところが、昼八つ（午後二時頃）同僚の菊池が、

「お客様がお見えです」

と言って連れてきたのが、何と美輪であった。

「おや、一体どうなさいましたか？」

惣左衛門は目を見張った。美輪がわざわざここまで足を運んできたということは、何か事態が急変したのではないだろうか。奥山の水茶屋に美輪を連れて行って話を聞いてみると、はたして惣左衛門の危惧したとおりであった。

「いよいよ明日にでも、右馬助に正式なお沙汰が下されるようでございます」

「して、いかなる御処分になりそうでしょうか」

「噂では、右馬助は切腹のうえ、今村家はお取り潰しではないかと……」

惣左衛門は言葉を失った。実のところ、右馬助の仕業であるという確たる証しがあるわけで

はないから、正式な処罰が下るとしても相当に先の話ではないかと楽観視していたのだが――

「戸田様、その後お調べの進捗《しんちょく》はいかがでございましょうか」

美輪が急所を正面から突く問いを投げてきた。

「それが、その……なかなか難儀しておりまして」

「下手人の見当はおつきになられましたか」

「それがその――未だ一向に……」

「さようですか」

たちまち失望の影が美輪の面を覆い、美輪は深く大きな吐息を漏らした。

右馬助の屋敷で依頼を受けてから一月近くが経過していたが、事件に関する吟味は一向に進展していなかった。現実に打てる手がほとんどないというだけでなく、惣左衛門自身が極めて多忙な状況にあったからだ。

水戸浪士狩りは熾烈《しれつ》を極めた。企ての立案者である高橋多一郎《たかはしたいちろう》は先日大坂で幕吏に追いつめられて自死していたが、現場の指揮官役だった関鉄之介らの行方は未だ不明である。惣左衛門ら町奉行所の同心や与力は日常の業務に加え、逃亡した浪士の探索に奔走しなければならなかった。

さらには、彦根藩士たちが報復のために水戸藩邸への討入りを計画しているという噂が流れ、江戸市中は騒然とした雰囲気に包まれていた。幕府からは昼夜の別のない市中見廻りが命じられた。そのため町奉行所の誰もが非番を返上し、働きづめで疲労困憊という有様だったのである。

今日の浅草寺での警備の役目はちょうど良い息抜きだとほっとしていたのだが、寝耳に水の凶報に惣左衛門のそんな安逸な気分はたちまち吹き飛んでしまった。美輪の意気阻喪した様子に慌てた惣左衛門は、

「只今生き残って自訴した浪士どもを厳しく詮議しております。また、逃げ延びた者も鋭意捜索中です。そやつらの口から何か有益な手がかりが得られることでしょう。迂遠と思われるかもしれませんが、急がば回れとも申します」

と、懸命に取り繕おうとした。

「初めに短銃を撃ったのは黒澤忠三郎という浪士でした。こやつは重傷を負って瀕死の状態だったのですが、命は取り留めまして――」

その時俯《うつむ》いた美輪の目から、唐突に滂沱として大粒の涙が流れ出した。自分が下手な言い訳をしたせいかと惣左衛門は狼狽した。美輪は肩を震わせながら幾度も大きくしゃくり上げる。

「このままでは、右馬助の命は……」

声を詰まらせた美輪は、懐紙で涙を拭こうとして懐から筥迫《はこせこ》を取り出した。

（おや）

惣左衛門は筥迫に描かれた文様に目を留めた。例の団十郎の「構わぬ」だった。

この女子《おなご》もか、と惣左衛門はいささか落胆した。美輪が見せる年相応に落ち着いた挙措を好ましく思っていたのだが、芝居という軽佻浮薄な流行は惣左衛門の考えている以上に世の中に

根づいてしまっているようだ。

（だが、待てよ）

不意に惣左衛門は思いついた。むしろ大いに好都合なことなのかもしれない。その方が清之介とうまい具合に折り合っていけるではないか。

「美輪殿は芝居がお好きなのですか」

「ええ」

怪訝《けげん》な顔をしつつも、美輪は涙を拭いながら答えた。

「弥生狂言はいかがでしたか。中村座のものが評判だったようですが」

芝居の話など、何とも場にそぐわない不自然な話柄《わへい》である。だが、惣左衛門には是非とも美輪に尋ねておきたいことがあった。芝居の話にかこつけでもしなければ、聞き出せるものではない。

「戸田様もご覧になられたのですか。芝居の類はあまり好まれぬとお伺いしましたが」

「いえ、必ずしもさようなわけではござらぬ。町廻り同心たる者、下情《かじょう》にも通じていなければなりませぬしな。後学のために、あの芝居について少々お尋ねしてもよろしいでしょうか」

「はあ、まあ……」

今はそれどころではないのだろう、美輪はまるで気乗りしない様子だった。当然の反応ではあったが、惣左衛門はそれをあえて無視して、

「亭主はもう老人と言ってもいいような年なのに、女房はまだ三十路前。芝居だからと言って

しまえばそれまでですが、あれほど年の離れているのに仲睦まじく連れ添っている夫婦なぞあり得ぬのではありませんかな」

先日菊池が加絵に猿若町に付き合わされた時の話を惣左衛門にした際、箸にも棒にも掛からぬ芝居で退屈したとしきりに愚痴をこぼしていた。その時どのような筋書きだったかについても語っていたのだが、それを聞き覚えていたのが思わぬところで役に立った。

「さあ、それはどうでしょうか。確かに物の考え方や感じ方は異なるかもしれませんが、夫婦にお互いを深く慈しむ心さえあれば年の差は決して不都合にはならぬと存じますが」

「なるほど、なるほど」

と惣左衛門は深く頷いてから、さらに問いを重ねた。

「しかしながら、継母が前妻の子とあれほど仲睦まじいというのは絵空事のように思われますが」

「必ずしもそうとは限りませんでしょう。血の繋がりがなくとも真の母子のようになることは可能でございます」

そこで美輪は眉を顰《ひそ》めて、

「あの、右馬助のことに話を戻してもよろしいでしょうか」

「もちろんです。いささか余談が過ぎましたな。いや、美輪殿のご心痛はいかばかりのものかとお察し申し上げます」

惣左衛門は慌てて慰藉《いしゃ》の言葉を述べた。確かな手応えが得られたように感じられて惣左衛門は大きな満足を覚えていたが、続いて美輪の発した問いによりたちまち冷水を浴びせられたような心持ちになった。

「明日までに下手人を捕えることは可能でしょうか」

「いや、それは――」

現時点では、解決の端緒すら皆目摑めていない。さすがに無理な注文だと答えかけて、惣左衛門は口を噤《つぐ》んだ。そんなことを口にすれば、既に相当細くなっているかもしれぬ惣左衛門への信頼の糸が切れてしまいかねない。

「御家中に掛け合ってみましょう」

我にもなく惣左衛門はそう口走っていた。

「未だ探索の最中なれば軽挙は慎み、今しばらく詮議の成り行きを見守られたしと、北町奉行所から申し入れるのです。さすれば、弟君への御処断はきっと思い止まっていただけることでしょう」

「真でございますか」

美輪は目を輝かせながら弾んだ声で言った。

「はい、大船に乗った気持ちでお待ちください」

惣左衛門は胸を叩きながら、力強く言い切ったのだったが――

(つまらぬ安請け合いをしてしまったものだ)

町奉行所の有する権能は、あくまで江戸市民のみを対象としている。各大名家には高度な自治が保証されており、その仕置きに関して外部から口出しなどできるわけがない。惣左衛門には雪駄がまるで鉛で作られているかのように重く感じられた。

もっとも惣左衛門の心が打ち沈んでいるのは、美輪に対し安直に発してしまった空言のみが理由ではなかった。美輪はほどなく帰っていったのだが、その後菊池から清之介の不行跡を再び聞かされたのである。

「お伝えすべきか迷ったのですが――」

菊池の娘の加絵は二日前にも猿若町に芝居を見に行ったのだが、今度は市村座《いちむらざ》で清之介を見かけたのだという。

「何と……」

惣左衛門は言葉を失った。連日の激務を耐え忍ぶ父の姿を見ているはずなのに、己は相も変わらず歌舞伎などにうつつを抜かしているとは。しかも、昨日も剣術の道場に行くと嘘をついていた。惣左衛門の怒りは頂点に達した。

(もはや捨て置けん)

座敷牢にでも幽閉してやろうか。憤懣やるかたない惣左衛門は、最初はそう断決した。しかし、頭が次第に冷えてくるにつれ、そんなことをしても根本からの解決にはならないと既に前回結論を出していたことを思い出した。

柔弱極まりない清之介の性格では、懲戒を加えればかえって意気消沈してふさぎ込むだけだろう。武士らしい生き方を肝に銘じさせたいという惣左衛門の意図は伝わらず、かえってはかばかしくない結果を生む危険がある。

今の清之介に与えるべきは罰ではない。やはり常時家の中におり、清之介のことをしっかりと支えて面倒を見る存在が必要なのではなかろうか。その適任者として思い浮かぶ女性は一人しかいない。揃って芝居見物に出掛ける美輪と清之介を自分が玄関で見送っている。そんな場面が惣左衛門の脳裏に浮かんだ。

(痴れ者め、余事は放っておけ)

そこで惣左衛門は頭を強く振って、自分を叱咤した。そんな下心を抱いているから、実現不能の空約束をする羽目になってしまったのではないか。

今第一に考えるべきは、美輪のことでも清之介のことでもなく、右馬助の身上だ。己の趣味を同僚たちに秘している惣左衛門にとって、右馬助は胸襟を開いて語り合える数少ない知己である。何としてもこの苦境から救い出してやらねばならぬ。

(明日までにきっと『第二の銃声』の謎を解いてみせようぞ)

惣左衛門は思い定めた。そうすれば万事決着であり、美輪への虚言も不問となろう。そして、結果として惣左衛門の腹案も叶えられ、すべてが丸く納まるのではないか。

惣左衛門の歩みは、ようやく普段の力強さを取り戻そうとしていた。

＊　＊　＊

とは言え、何か新しい発見があったわけでもなく、五里霧中の状況にあることに変わりはない。猿若町に達する頃には、惣左衛門の足取りは再び鈍りがちになっていた。

猿若町に立ち寄ったのは、単なる思いつきだった。惣左衛門は芝居を毛嫌いしており、役目以外で芝居小屋を訪れたことなど一度もなかった。だが、今後のことを考慮すれば、もう少し芝居についても精通しておいた方がよいだろう。そう考えた惣左衛門は、道を引き返すと猿若町に向かった。正念場に立たされて、無自覚のうちに眼前の課題から目を逸らそうとしてしまったのかもしれない。

まるで真夏のような陽気の日だった。強い日差しが降り注いだ町は眩しく輝き、道の先には逃げ水が浮かんでいる。その光景を見て、

(はて、あれは何だったか……)

惣左衛門は首を捻った。先ほど美輪に黒澤のことを話している時、何かが頭に浮かびかけた瞬間があった。しかしそれははっきりとした形になる前に、まるで逃げ水のように惣左衛門の手からするりと逃げ出ていってしまった。美輪を目の前にすると、どうしても注意が散漫になってしまうようだ。

(いかんな)

女子に気をとられたことなど今まで一度もなかったのに、と惣左衛門は自省せざるを得なかった。

猿若町に到着したのは、ちょうど夕七つ(午後四時頃)だった。幕間となったためか芝居小

屋や茶屋への人の出入りが激しく、道は人波で溢れかえっている。

（何とまあ、大層な賑わいであることよ）

江戸の住人の半分がここに集まっているのではないかと思えるような活況である。惣左衛門は半ば呆れると同時に、半ば感心もしていた。これほどまでに人々を惹きつける芝居の魅力とは何なのだろう。もしや自分はただの食わず嫌いなのだろうか。

常になくそんなことを考えつつ、人混みの中を難渋しながら中村座の前まで来た時、惣左衛門は道端に見てはならぬものを見た。いや、実は胸裏では無意識に予想していたことであり、それが惣左衛門の足を猿若町に向けさせたのかもしれなかった。

「かような場所でいかがしたのだ」

そう惣左衛門に声を掛けられた人物は、びくりと体を震わせると、棒を飲んだようにその場に立ち尽くした。

「今日は剣術の稽古ではなかったのか、清之介」

清之介は俯いて手に持った何かの紙を一心に読みふけっていたのだが、その恰好のまま彫像のように微動だにしない。

惣左衛門は自分でも意外に思うほど冷静な心境にあった。普段の惣左衛門であれば烈火のごとく怒り出すところだが、ここは隠忍《いんにん》自重しなければならない場面だ。清之介を正道に立ち返らせるためには、今しばらく時間をかけて家庭の環境を整える必要がある。惣左衛門は落ち着いた声で、

「いったい何を読んでいるのだ」

と問いかけながら、清之介の手中の紙に手を伸ばした。

「な、何でもございませぬ」

清之介は惨《みじ》めなほど声を震わせながらそう答えた。ようやく上げた顔は紙のように白くなっていた。手にした紙を惣左衛門に奪われまいと、必死の様子で両手を体の後ろに回している。

「見せてみよ」

「いえ、これは——」

「良いから見せてみよと申しておるのだ」

清之介の背後に回って掌中の物を無理矢理奪うと、それは読売（瓦版）であった。

「申し訳ございません」

読売は本来非合法のもので、幕府から黙認されているに過ぎない。武士が白昼に路上で読むなど以ての外である。

「たわけが」

惣左衛門がうっかり憤懣を漏らすと、清之介は泣きそうな顔になって首を竦《すく》めた。

（おっと、いかん）

そう惣左衛門は反省しつつ、それにしても清之介があれほど熱心に読んでいたのはなぜだろうと思い、手にした読売に目を落とした。すると、よりにもよってと言うべきか当然のことと言うべきか、それは歌舞伎に関する記事だった。

普段の惣左衛門であれば、一字も読むことなく打ち捨てたことだろう。しかし今日は、読売に取り上げられるほど世間一般で話題になっている出来事であれば、次に美輪に会った時の話題に好適なのではないかという判断が働いた。惣左衛門は沈黙したまま、読売を真剣に読み始めた。

清之介は罠に掛かった獲物のような怯《おび》えた目で惣左衛門の様子を窺っていたが、惣左衛門の意外な反応に力を得たらしく、

「昨年の夏、この中村座でいささか興味深い騒ぎがございました」

と、清之介はここぞとばかりに解説を始めた。

「『東海道四谷怪談』が上演されたのですが、四日目に秋山長兵衛《あきやまちょうべえ》役の市川壽美蔵《すみぞう》が突然降板《た》しました。好演と評判だったのに、いったいなぜだろうと話題になりました。給金のことで太夫元《ゆうもと》と何かいざこざでもあったのではないかなどと様々に噂されたのですが、その真相が明らかになったというのです」

清之介は読売の該当部分を指差しながら、

「何と壽美蔵が蜂に刺されたためでした」

「蜂？」

「ええ、どうしたわけか蜂が一匹舞台の上を飛んでいました。壽美蔵は何とか蜂をよけながら演じ続けていたのですが、場面が仏壇返しになった時のことです」

仏壇返しとは、蛇山庵室《へびやまあんしつ》の場に登場する仕掛けである。仏壇の中の掛け軸に穴が開き、奥か

らお岩《いわ》の幽霊が現れて長兵衛の襟元をつかむと、長兵衛は連理引《れんりび》きで中に引きずり込まれてしまい、その後穴が閉じて掛け軸が元に戻るというものだ。

「お岩と長兵衛が仏壇の中に消えていくのと同時に、蜂も一緒に入り込んでしまったのです。壽美蔵は蜂に襲われて額を刺され、まるで自分がお岩になったように顔が腫れあがってしまいました。長兵衛を演じ続けることなど到底敵わず、翌日から休んでしまったというわけです。何とも滑稽な話でございましょう？」

そう言って清之介は、同意を求めるように惣左衛門に笑いかけた。しかし、惣左衛門が無言のまま険しい表情をしているのを見て、

「かように卑俗な話柄はお耳障りでしたでしょうか。申し訳ございません」

と、顔を青ざめさせた。だが、惣左衛門が口を閉ざしていたのは、まったく別の理由からだった。

（蜂が一緒に……？）

惣左衛門の脳裏に、稲妻のごとく閃くものがあった。

（そうか、もしや——だが、蜂はどうやって中に……）

「実物を見せてもらうしかあるまい」

惣左衛門はそう呟くと、清之介を置き去りにして出し抜けに鼠木戸から中村座の中に飛び込んだ。その後ろ姿を清之介が呆気にとられたように見つめていた。

＊　＊　＊

「おや、戸田様。これはお珍しい」

桟敷《さじき》番頭の勝三《かつぞう》が目を丸くして、驚きの声を上げた。

「役《やく》桟敷にはもう佐久間《さくま》様たちがお越しですが……」

江戸の芝居小屋には、役桟敷と呼ばれる役人専用の席がある。衣装が華美過ぎはしないか、不穏当な台詞《せりふ》がないかなど芝居の内容を検分するのも定町廻り同心の役目なのだ。勝三は惣左衛門が査閲《さえつ》にやって来たものと勘違いしたらしい。

「違う。役桟敷になど用はない。大道具方の頭はおるか」

「はい。長谷川《はせがわ》勘兵衛《かんべえ》と申しますが、いったい勘兵衛に何の――」

「よいから勘兵衛を早く呼んで来い。火急の要件だ」

突然定町廻り同心から呼び出され、勘兵衛は面食らっている様子であったが、

「仏壇返しの仕掛けが見たい」

という惣左衛門の要望を聞かされると、ますます強く戸惑いの色を浮かべた。

「旦那様、今はまだ四月でございます。『東海道四谷怪談』は七月からの夏芝居に掛ける予定ですので……」

「だが、昨年使用した道具がまだ取ってあるのではないか」

「ええ、修繕しながら毎年大切に使いますから。ですが、今はまだ道具部屋にしまってあります」

「では、そちらに早《はよ》う案内いたせ」

道具部屋は芝居小屋の裏手にあった。勘兵衛は所狭しと置かれた浅葱幕《あさぎ》や上敷《じょうしき》などの大道具の間を縫うようにずんずん進んでいく。やがて部屋の最奥に達し、

「あちらでございます」

と、勘兵衛が手燭《てしょく》をかざしながら指し示した先には、直径が五尺ほどもある水車のような大きな装置が壁際に置かれていた。舞台に設置された時とは違って中が剝き出しになっているので、どのような構造になっているのかが容易に見て取れる。

「ほう、水車を使うのか」

「はい、もちろん水は使わず人の手で回すのですが。実演してみましょう」

水車の一部に大きな直角の切り込みがあって、座席のようになっている。勘兵衛はその部分を指差し、

「身を乗り出したお岩に襟首をつかまれて、長兵衛はここにどっかと腰掛けます」

と説明しながらその切り込みに座った。背もたれに当たる部分には仏壇の絵が描かれている。その後方には別の深い縦長の切り込みがあり、実際の芝居ではそこにお岩が下半身をすっぽりと入れて長兵衛がやって来るのを待つことになる。

「長兵衛が腰掛けると同時に、水車が後ろに回り始めます。戸田様、水車を回していただけま

すか」

水車に付けられた縄を惣左衛門が引っ張ると、水車が後方に回転し、勘兵衛の体が仰向けになりながら上方に昇っていく。そして、勘兵衛の座った切り込みの下にはもう一つ同じ形状の切り込みがあり、そこにもまったく同じ仏壇の絵が描かれている。勘兵衛の姿が奥に消えていくにつれてそのもう一つの仏壇の絵が下方から現れ、何事も起きなかったかのように勘兵衛が座る前と同じ光景に戻るという仕掛けである。

「戻していただけますか」

惣左衛門が水車を逆に回転させると、無人の仏壇が下方に消えていき、入れ替わりに上方から勘兵衛の姿が戻って来た。お岩が登場する時には、この方向に水車を回すわけだ。

勘兵衛は誇らしげな顔で水車から降りて、

「先代の勘兵衛が考案した大仕掛けでございます」

「なるほど、見事なものだ。感心した」

と惣左衛門は褒めそやしてから、本題に入った。

「本番の舞台では当然壁が設置されておるわけだな」

「はい、今は仕掛けが剝き出しですが、実際には水車は壁の背後に隠されています」

「去年の夏、壽美蔵とやらが蜂に刺されたのは壁の中に入った後なのだな」

「さようでございますが、それが何か……？」

何月も前の些細な出来事を突然持ち出されて勘兵衛は当惑の体だったが、惣左衛門はそれに

構わず、

「蜂はいかにして中に入ったのだろうか」

「水車の上方の壁には穴が開いていて、掛け軸が掛かっているだけです。お岩はその掛け軸を内側にめくって中から出て来ます。長兵衛が引きずり込まれた後、元に戻された掛け軸と下から出て来るもう一つの仏壇とでその穴をふさぐ恰好になるわけです」

「だが、長兵衛の体が奥に入っていく最中であれば――」

「はい、穴はまだ閉じ切ってはいないので、その隙間から蜂が飛び込んでしまいました。壽美蔵は水車の上で仰向けに倒れているところだったので身動きができず、よけるによけられず刺されるがままだったそうです」

間違いない。今や惣左衛門ははっきりと確信できた。

「すまんな、大いに助かった」

惣左衛門は謝辞もそこそこに中村座を飛び出した。寸刻も早く彦根藩中屋敷に駆けつけなければならない。惣左衛門の胸中には大きな明かりがさやかに点《とも》っていた。

＊　＊　＊

「真にありがとうございました」

右馬助が深々と頭を下げた。

「戸田様のご尽力なくばいかなる仕儀に相なっていたことか」

翌日惣左衛門は彦根藩中屋敷の今村邸を再び訪れていた。右馬助は月代も鬚もきれいに剃《そ》り、以前の精悍さをすっかり取り戻している。昨日惣左衛門が彦根藩の目付らに対して行った具申により、右馬助に対する疑念は直ちに雲散霧消したのである。

「いいえ、真相にはたまさか思い当たっただけで、尽力というほどのことは何もしておりませぬ」

「それにしても、そのようなことが起こり得るものなのですね」

美輪は首を振りながら、嘆声を漏らした。

「ええ、まったくもってにわかには信じがたいことですが」

美輪の目が惣左衛門への賞賛で輝いているのを意識しつつ、惣左衛門は改めて直弼銃撃の顚末を説明した。

——直弼に弾丸が命中した時、駕籠の戸は開いていた。直弼が自ら開けたのだ。外の様子はどうなっているか見ようとしたのか、あるいは自ら剣を振るって襲撃者たちに反撃しようとしたのかもしれない。

しかし、駕籠のすぐ脇に控えていた荻原源太夫が、

「殿、危のうございます」

と言って身を乗り出す直弼を押しとどめ、急いで戸を閉めようとした。黒澤の短銃から二発目の弾丸が発射されたのは、まさにその直後だった。戸が完全に閉まりきる直前、弾丸は荻原

の体のすぐ脇を通過して、おそらくはもう一寸も残っていなかったであろうわずかな隙間を通って駕籠の中に飛び込んだのだ。ちょうど中村座で演じられた『東海道四谷怪談』の仏壇返しの場面で、掛け軸の穴が閉じる寸前にたまさか蜂が中に入り込んでしまったように。

そして、荻原が戸を閉め終えたまさにその瞬間に、弾丸が直弼に命中した。そのため、直弼の体から噴出した血が、閉じられた戸の内側に飛び散ったのだ。

直弼の異変に荻原が気づいたかどうかはわからない。だが気づいたとしても、中の様子を確かめるために戸を再び開けるだけの暇は荻原にはなかった。駕籠の戸を閉めようとしていた荻原は、浪士たちに背を向ける無防備な体勢になっていた。その隙を突かれて、荻原は戸を閉め終えた直後に有村に背を斬られて絶命したのだ。

「すべては偶然でした。いくつもの偶然が重なって、あのような不可解な状況が図らずも生まれてしまったのです」

「真にありがとうございました」

右馬助が再び頭を下げた。

「あのままであれば、拙者の命はもとより今村家そのものも断絶となっていたことでしょう。戸田様にはいかほど感謝しても足りません」

「いやいや、微力ながら右馬助殿のお役に立てて、実に喜ばしく存じます」

「時に戸田様」

そこで右馬助は居住まいを正して、

「一つお伝えしたいことがございます」

「何ですかな」

「拙者は美輪と夫婦《めおと》になることを決意いたしました」

「え?」

惣左衛門はわが耳を疑った。姉弟で婚姻するとは、右馬助はいったい何を言い出したのだろう。

「夫婦に、とは全体……美輪殿は貴殿の姉君ではないのですか」

「実は、二人の間に血の繋がりはないのです。拙者の母の多美は、父——正確に申し上げれば義父ですが——の善右衛門の後妻でした。拙者は母の連れ子で、実の父は拙者が五つの時に病死しております。美輪は義父の前妻の子です」

だからか、と惣左衛門の疑問が氷解した。右馬助と善右衛門の外見は似ているところが欠片《かけら》もないと不思議に思っていたのだが、血の繋がりがないのであれば当然のことだ。今にして考えてみれば、多美の輿入れは十五年前のことなのに、右馬助の年齢は二十一。善右衛門の実子としたら、まるで算盤《そろばん》が合わない。

「拙者どもは以前から惹かれ合い、口には出さずとも互いを愛しく思っていることを承知いたしておりました。さりながら、義理とはいえ姉弟という立場、人倫にもとるとの批判を浴びるのは免れません。さらには、美輪は拙者より九つも年上で、既に三十となっております。口さがない連中からいかなる陰口を叩かれるかもわからず、世間体を考えて二の足を踏んでいたのです。けれども」

右馬助は微笑しながら、傍《かたわ》らに座る美輪に穏やかな視線を向けた。美輪も熱を帯びた瞳で右馬助を見つめ返す。

「此度の一件で悟りました。底無し沼のような窮地に陥った拙者を美輪は一心に支えてくれました。拙者には、これからも美輪が必要です。互いを慈しみ、支え合ってともに人生を歩んでいきたいと存じます。世人の耳目などいかほどのことがありましょうや」

「左様でしたか……」

惣左衛門は面を伏せて力なく呟くと同時に、美輪の言葉を思い返していた。

〈年の差は決して不都合にはならぬと存じます〉

こう言った時美輪の念頭にあったのは、右馬助と自分との将来だったのだ。惣左衛門のことなど心の隅にもなかったろう。

〈血の繋がりがなくとも真の母子のようになることは可能でございます〉

病床に臥した継母の多美を、美輪は長らく懸命に看病していたという。おそらく二人の仲はいたく良好であったに違いなく、その経験を述べた発言だったのだ。

内心の動揺を押し隠しつつ、惣左衛門は無理にも片頬に笑みを浮かべて、

「真に祝着。おめでとうございます」

「婚儀の席には、是非とも惣左衛門殿をお招きいたしたいと存じます」

「ええ、喜んで出席させていただきます」

ほどなく惣左衛門は今村の屋敷を辞し、彦根藩中屋敷を後にした。江戸城の外堀を横目に見つつ、赤坂御門へと向かう。

（とんだ一人相撲だったな）

陽光にきらめく堀の水面を眺めながら、惣左衛門は胸臆《きょうおく》で自嘲した。そして同時に、これは当然の報いなのだろうとも考えていた。

惣左衛門は美輪との再婚を真剣に考えた。だが、それは美輪を女性として愛しく思ったからではない。お静と似た容貌を持ち、芝居見物を好む美輪は、清之介の新しい母として好適だろうと判断したに過ぎなかった。「互いを慈しみ、支え合ってともに人生を歩」むことなど、一瞬たりとも頭をよぎりはしなかったのだ。

さらに言うならば、美輪に思い人がいる可能性を考慮することも更々なかった。ただ自分の都合のみで、美輪を後添えに迎えようと勝手に独り決めしていたのである。

（ただの幻であった）

吾には後添えを娶る資格などあらず。改めてそう思い知った惣左衛門は、唇を歪めて自らを冷笑した。己という男は以前と毛ほども変わってはいない。

赤坂御門から八丁堀に向かう東の方角にかけては、大名屋敷の甍《いらか》の波が延々と連なっている。商家や町家は一切存在しないため昼日中でも人の往来はまれで、闃《げき》として静まり返っていた。

昨日に続きこの日も油照りで、惣左衛門は幾度も額の汗を拭った。道の行く手には大きな逃げ水が浮かんでいる。惣左衛門が近づくと逃げ水はいつの間にか消えてしまい、さらにそのはるか先に姿を現す。いくら歩を進めてもその繰り返しだった。

(いつかこの手に摑める日が来るのだろうか)

白く輝く道の上を、ただ一つ惣左衛門の黒い影のみがゆらゆらと頼りなげに揺れながらゆっくりと進んでいった。

神隠し

「新右衛門《しんえもん》が神隠し、だと？」

越前屋《えちぜんや》の主人が突然行方知れずになったという知らせを目明しの繁三《しげぞう》から聞いた時、北町奉行所定町廻り同心の戸田惣左衛門は思わず首を傾げた。神隠しにあうのは大抵の場合娘子供と決まっているが、新右衛門はとうに三十を超した大の男だったからである。

「新右衛門ではなく、跡取り息子と聞き違えたのであろう。ほれ、確かまだ五つくらいの、えと名は何と言ったか——」

「いえ、間違いじゃございません。新右衛門が煙のように消え失せちまったんです」

繁三は越前屋のある東湊町《ひがしみなとちょう》を縄張りとしている。

「旦那様に今すぐお越しいただきたいと、内儀《おかみ》のおたきが強く申しておりまして」

「今すぐ？」

盤面を睨みつけながら、惣左衛門は唸った。

「手が離せんのが見てわからぬのか」

昨日惣左衛門は二月近くに及ぶ探索の末、日本橋《にほんばし》から築地《つきじ》一帯を広く荒らし回っていた押込みの仙七《せんしち》一味を見事捕縛し、おかげで今日は久し振りの休みを取ることができた。非番の日に惣左衛門が勤《いそ》しむことと言えば園芸か囲碁と決まっているが、今日は長男の清之介がたまさか在宅していたので、久し振りに清之介と一局囲むことにしたのだった。

しかしながら惣左衛門は、対局を始めてすぐに自分の選択が誤りであったことを悟らされた。清之介の棋力は、知らぬ間にもはや惣左衛門とは比べ物にならないほど向上していた。だが、極度の負けず嫌いの惣左衛門がその事実を容易に認めるわけもない。単に自分が油断していたせいだと無理にも思い込んだ惣左衛門は、敗色がきわめて濃厚であるのに中押《ちゅうお》し負けを認めようとはしなかった。一手ごとに大長考を重ねて粘りに粘ったあげく、「待った」を幾度も繰り返す始末。向かいに座る清之介の居たたまれぬような顔色には気づく様子もない。

繁三が惣左衛門を訪ねてきたのは、そんな悪戦苦闘の真っ最中であった。

「多忙ゆえ今日は行けぬと、おたきに伝えよ」

「ですが、旦那。越前屋からの頼みとなればそう無下にするわけにも……」

江戸の裕福な商家は、惣左衛門ら町奉行所の与力や同心に常日頃から少なくない額の付け届けを送っている。何か厄介や揉め事が起きた際に素早く穏便に処理してもらうためで、惣左衛門は越前屋と長年に亘ってそうした懇意な関係にあった。さらには、最近では江戸に身寄りのいなくなったおさとという娘を下女として雇い入れてもらった恩義もある。

「うむ、それもそうか」

不承不承ながら惣左衛門は同意せざるを得なかった。

「詮方《せんかた》あるまい、出掛けるとしよう。清之介、悪いがこの勝負は次回まで預かりとさせてもらうぞ」

「承知いたしました」

清之介は電光石火の勢いで碁盤を仕舞いながら答えた。

「はなはだ残念ではありますが、止むを得ませぬ。さあ、お急ぎ下さいますよう」

ほとんど手中に収めかけていた勝利を取り上げられたにもかかわらず、清之介の顔にはむしろ安堵の表情が浮かんでいた。

＊　＊　＊

八丁堀《はっちょうぼり》組屋敷から東湊町まではわずか四町ほどの距離で、道々繁三から一件の詳細を聞く間もないうちに越前屋に到着した。

越前屋は間口が二十間（約三十六メートル）もある名代の呉服問屋である。店前には多数の客が溢れ、それもその大半は女性だったので、たいそう華やいで賑やかな雰囲気だった。

「戸田の旦那様！」

惣左衛門の姿を目にするや否や、おたきが脱兎の勢いで巻羽織の裾に取り縋《すが》ってきた。

「なにとぞ、なにとぞ、お願い申し上げます！　どうか主人をお探し下さ――」

「さように取り乱しては何も分からぬ。もそっと落ち着かんか」

ようようおたきの気を静めさせて聞き出したのは、以下のような次第であった。

昨日は節分で、武家から町家まで江戸市中の至る所で豆まきが行われた。越前屋でも昼八つ

（午後二時頃）から盛大に豆まきを実施したのだが、越前屋のそれは他とはいささか趣を異にしていた。

先代の当主の勝兵衛《かつべえ》は若い頃から大の芝居好きであった。しかし次第に見ているだけでは飽き足らなくなり、とうとう還暦を迎えた七年前に店を大改築して中村座を模した舞台を帳場のすぐ隣に作ってしまった。雛祭りや七夕といった年中行事に合わせ、その舞台で越前屋一同が役者を務める素人《しろうと》歌舞伎を催すようになったのである。

六年前に勝兵衛は死去し、養子の新右衛門が跡を継いだのだが、この習わしもまた当代に受け継がれていた。昨日越前屋では、多数のお得意や東湊町の住人を招いて『勧進帳』を上演した。そして芝居が終わった後、弁慶《べんけい》を演じた新右衛門を始めとして、出演した番頭や手代たちが舞台衣装のまま豆まきをしたのである。

豆まきは夕七つ（午後四時頃）に終了した。商いが再開すると番頭や手代たちは見世《みせ》の間で接客に当たったが、一人新右衛門のみは休息もそこそこに舞台の後片づけを始めた。

小僧や下女の仕事である掃除を主人自ら行うとは奇異な話だが、芝居は元来主人の道楽で始めたことなのだから後始末は自分ですべき（と言っても発案したのは先代の勝兵衛なのだが）という理由に加えて、越前屋では何事も主人が率先垂範《そっせんすいはん》するのが家訓となっていた。誰もが嫌がるようなことを主人が進んで行うからこそ奉公人たちの信望が得られ、越前屋の繁盛を目指して皆が一丸となれるのだという教えである。

新右衛門が掃除をしている間、おたきは舞台のすぐ隣にある帳場に座っていた。帳場格子の中で一人で帳づけをしていたのだが、ふと顔を上げて見やると新右衛門の姿が舞台のどこにも見えない。厠《かわや》にでも行ったのだろう。そう考えておたきは大福帳に再び目を落としたが、いや、それはあり得ないとすぐに考え直した。

舞台との境には、仕切りとして肩ほどの高さがある柵が設けられている。出入り口は一つしかなく、視界の端ではあるものの常におたきが見ていられる位置にあった。また、いくら中村座を模したと言っても、セリやスッポンなどの仕掛けは無論ない。おたきに気づかれることなく新右衛門が舞台から出られるはずがないのだ。

（まさか……）

不意におたきの胸中に不安が湧き上がった。何日か前に新右衛門が呟いた言葉を思い出したのだ。

このところ江戸市中では、連日のように失踪騒ぎが発生していた。十指に余るほどの娘子供が、これと言った理由もないのに不意に姿を消してしまっているのだ。神隠しだ、天狗の仕業だと、ここぞとばかりに読売が盛んに書き立てている。

眉に唾を付けながらおたきは読売に目を通したが、続いて手に取った新右衛門がぽつりと呟くように、

「私が突然いなくなったとしても、越前屋が傾いてしまうようなことはないんだろうな」

と言ったのだった。

「当たり前だよ。一厘だってびくともするわけがないさ」

その時おたきは、唇の端を吊り上げながら鼻で笑った。しかし新右衛門は普段からたいへん口数が少なく、日々黙々と立ち働いている。どんな些細なことにせよ越前屋の差配や先行きといった事柄に関し、店の手綱を握るおたきに対して新右衛門が何か口出ししたことは絶えてない。

よもやあの言葉は、今日のこの凶事、己の運命を予言したものだったのではなかろうか。何を馬鹿な、ただの思い過ごしだ、取り越し苦労に決まっている。そう心に言い聞かせながらも、おたきは目を皿のようにして舞台を見回した。

しかし、既に舞台からは定式幕が取り外され、大道具もあらかた片づけられて緋毛氈《ひもうせん》を敷いた縁台が二つ残されているだけである。境の柵は格子状になっているが、太さ一寸（約三センチメートル）もない細い木が五寸間隔で組まれているので、全体がほぼ完全に素通しになっている。新右衛門の姿を見逃すことなどあろうはずがない。

おたきは立ち上がると縁台の前まで行き、

「あんた、どこにいるんだい！」

と、声を張り上げた。

「妙な悪戯《いたずら》は止めておくれよ」

しかし、森閑とした舞台からは何の応えもなく、おたきの呼びかけが空しく響くのみ。

（やっぱり……）

瞬《またた》く間におたきの顔から血の気が引いた。

「ちょいと、たいへんだよ！」

そう叫びながら、おたきは見世の間の方に走っていった。

「神隠しだ。旦那様がいなくなっちまったよ！」

番頭や手代たちに対して金切り声を上げると、おたきはただちに踵《きびす》を返して舞台に突進し、必死の形相で新右衛門を探し始めた。

とは言うものの、身を潜める場所など舞台上のどこにもない。唯一あるとすれば縁台の下くらいだ。高さが一尺ほどあって緋毛氈が床近くまで垂れているから、床に這いつくばっていれば帳場の方から見た場合には死角に入ることになる。だから真っ先にそこを覗いてみたのだが、もちろん誰の姿もなかった。

「おかみさん、いかがなさいましたか」

怪訝《けげん》な顔をしながら番頭の庄助《しょうすけ》が歩み寄ってきた。

「聞こえなかったのかい。さっきから神隠しだって言ってるだろ！」

鬼の形相でおたきはがなり立てた。

「もたもたしてないで、とっとと手をお貸しよ！」

庄助は何とかおたきをなだめて事情を聞き出すと、手代や小僧たちに対して、

「皆で手分けして家の中を探しなさい」

と命じた。神隠しなどというのはおたきのただの勘違いで、新右衛門は厠かどこかに行っているのだろうと判断したのだ。しかし、納戸や蔵なども含めて虱潰《しらみつぶ》しに探したが、邸内のどこ

にもその姿はなかった。

「妙でございますね」

さすがに庄助は案じ顔になって、

「不意に急用を思い出され、取る物も取り敢えず外出なさったのでは」

「あの人があたしに断りもなく出掛けるなんてあるわけがない」

おたきは目を三角にして、庄助を怒鳴りつけた。

「第一、それなら履物が一つなくなってるはずなのに、みんなきちんと揃ってるじゃないか」

いくら火急の用事に慌てふためいていたとしても、よもや足袋跣《たびはだし》で飛び出していったということはないだろう。だが、新右衛門の姿が邸内のどこにも見当たらない以上、無理にもそう考えなければ平仄《ひょうそく》が合わない。やむなくおたきは使用人総出で越前屋の得意先や縁戚を残らず尋ね回らせた。しかし、空しく駄目を踏むだけの結果に終わったのだった。

それ以上探索の当てを思いつけず、おたきは途方に暮れた。まさに神隠しとしか考えられない状況で、新右衛門は跡形もなく消え失せてしまったのである。

「うーむ、なるほどな」

おたきや庄助たちからの聞き取りを終えると、惣左衛門は繁三とともにまず帳場から探索を始めた。万人の目を引かずにはおかないほど異常に長い鼻を擦りながら、じっと考え込む。

おたきは帳づけをしていたので、舞台の方を常に注視していたわけではなかった。しかし、舞台の出入り口は帳場から二間（約三・六メートル）も離れていない。新右衛門が出て行くのをおたきが見損なったと考えるのは断然無理である。

続いて惣左衛門は舞台を眺めやった。確かに柵は障害にはならず、舞台は奥まで丸見えになっている。こちらもおたきに見落としがあったとははなはだ考えづらい。

出入り口の枢戸《くるるど》を開けて、惣左衛門は舞台の上に立った。相当な大枚を費やしたらしく、すこぶる立派な造作だった。試しに六方のように床を踏み鳴らしてみると、音や感触からかなり高価な檜《ひのき》の部材を使用していることが分かる。

「それにしても、いくら家訓とはいえ主人が一人で後片づけするなどずいぶんと希代な習わしだな」

「奉公人たちに手本を見せるためとか何とか、もっともらしいことをおたきは言っていましたが」

繁三がにやつきながら声を潜めるように、

「主人とはまったく名ばかりで、新右衛門は毎日が針の筵《むしろ》だったようですね」

「新右衛門は婿養子なのだったな。確か元々天涯孤独の身の上だったと以前に聞いた覚えがあるが」

「ええ、まだ五つかそこらの時に火事で親兄弟や縁者がみんな焼け死んじまいましてね。お救い小屋で一人で泣いているところを勝兵衛に引き取られ、越前屋で奉公を始めたんです」

「で、さらには婿にと見込まれたわけだな」

「はい、幾人もいる手代の中でも新右衛門の働きぶりは図抜けてましてね、勝兵衛が是非にと指名したのです。しかし、新右衛門はめでたく主人の座に納まったのはいいが、何分使用人上がりだから、家つき娘のおたきにはからきし頭が上がらない。おたきに箸の上げ下ろしまでいちいち指図されるような有様で、自分の思いどおりになることなど何一つありゃしません」

「すると、先代が亡くなった後、越前屋はおたきの天下になったということか」

「はい、表向きは主人として新右衛門が帳場に座ったり株仲間の会合に出たりしていましたが、その実大福帳に指一本触ることもできません。とりわけ跡取り息子の金太《きんた》が生まれてからは、もうまるで御役御免みたいな扱いを受けていました」

皮肉な笑みを繁三は浮かべた。

「越前屋の中で新右衛門に何か役があるとしたら、それこそ素人歌舞伎で立役を演ずる時ぐらいのものでして」

「とは言え、存外に夫婦仲は悪くなかったのではないか。おたきは新右衛門の身を本気で憂慮しているように見えたが」

「世間や奉公人たちの手前、そう演じてみせているだけでしょう。本心では、新右衛門がいなくなってせいせいしてるに違いありません」

「おたきはだいぶ権高な気性のようだな」

「勝兵衛が四十を過ぎてからようやく授かった一人娘だったもんで、蝶よ花よとさんざ甘やかされて育っちまいましてね。自儘《わがまま》で気《き》嵩《がさ》、おまけに口やかましいときてるんですが、新右衛門はじっと黙って耐え忍んでいたようです。越前屋を逃げ出したところで、帰る実家も厄介になれる親戚もいませんから」

「そんな調子では、外に女を囲いたくなっても不思議ではあるまい。今頃新右衛門は妾宅にでも転がり込んでおるのかもしれぬ」

「それがおたきに財布の紐を握られてるもんで、新右衛門はべらぼうに手元不如意でしてね。おたきは殊の外しみったれだから、新右衛門は釣りや寄席に行く程度の小遣いにも事欠く始末。女道楽なんて夢のまた夢ですよ」

「ならば、新右衛門は金を持ち逃げしていったのではないか。もう銭函《ぜにばこ》は調べてみたのであろうな」

「抜かりはありません。全然手つかずでした。新右衛門は素寒貧《すかんぴん》だったはずです」

「だとすると、宿屋に泊まる持ち合わせもなかったということか。となれば――」

惣左衛門は鼻を撫でながらしばらく沈黙した後、

「一渡り屋敷の中を調べるとしよう」

おたきに先導させて、惣左衛門は座敷や寝間はもとより、納戸や厠に至るまでじっくりと探索した。続いて中庭に出ると、三つある蔵も一つ一つ検分した。それが終わると井戸の中を覗き込み、さらには屈みこんで地面を矯《た》めつ眇《すが》めつしている。

「戸田様。いかがでございましょう」

沈黙を続けていたおたきが、とうとうたまりかねたように問い掛けてきた。

「何かお分かりになられたことがございますか」

家の内はとうに探し尽くした、今さら見て回ってどうするのだ。そんな不満や苛立ちが露わになった口調だった。

「うむ、そうさな……」

「主人はどこに行ってしまったのでしょう?」

「神隠しとあらば、人知の及ぶところではない。諦めるより他なかろう」

「そんな殺生な!」

おたきは悲鳴を上げた。

「果報は寝て待てと言うではないか。いずれひょっこりと帰って来るやもしれぬ。あまり思い詰めない方がよかろう」

「戸田様──」

絶句するおたきを打ちやり、惣左衛門は足早に玄関に向かった。

「おっ、息災にしておるか」

途中の廊下で、惣左衛門はおさとに出くわした。

「はい、お陰様で」

おさとは朗らかな笑みを浮かべながら、

「毎日目の回るような忙しさですが、一所懸命に頑張っています」

「店の者とはうまくやれているか」

越前屋には年若の奉公人が少ないと耳にしたことがあったので、惣左衛門はそう尋ねてみた。

「はい、皆さん親切な方たちばかりです。同い年の小僧さんが一人いて、特に仲良くしてもらっています」

「うむ、それは何よりだ。達者でな」

「あの、旦那様のことは……」

「さように案ずるな。任せておけ」

おさとに見送られて、惣左衛門は越前屋を後にした。

「おたきはずいぶんと落胆していたようですが、新右衛門は本当に神隠しに遭ったとお考えなので？」

越前屋を出て歩き始めるとすぐに、繁三が惣左衛門に尋ねた。

「無論さような戯《ざ》れ事は考えてはおらぬ」

惣左衛門は神仏や霊魂の類をまるきり信じていない。そのことを繁三は熟知しているので、惣左衛門の発言を不審に感じたのだろう。

「よもやおたきに腹の内を明かすわけにはいかんから、わざとああ言っただけだ」

「ってことは、もう目串《めぐし》をおつけになられたんですか」

「残らずしかと解き明かせたわけではまだないが……まず第一に考えられるのは新右衛門が自らの意志で逐電したということだ」

「主人とは名ばかりの奉公人みたいな扱いに堪忍袋の緒が切れちまったんですね」

「そのとおりだ。十二分過ぎる動機だろう。もっとも、いかなる手立てを用いておたきの目を誤魔化したのか、肝心のところはいまだ見当がつかぬのだが」

「首尾よく越前屋からどろんできたのはいいですが、新右衛門は今どこでどうしているんでしょうね」

「気になるのはそこだ。勝兵衛に拾われるまで新右衛門はまったくの孤身だったし、囲い者などもいなかったようだから、よすがとなるような場所はどこにもないはずだ。となれば頼みの綱は銭金だが、ほぼ無一文だったのであろうから木賃宿に泊まることすらできぬ。まあ、はなから行き倒れや自死する羽目になっても構わぬ覚悟だったというのであれば話は別だが」

「まず第一にと仰《おつしや》いましたが、他にも何かご所存が？」

「二つ目は、見込みは薄いとは思うが、失踪は新右衛門の意志に反したもの、つまりはおたきによって無理やり力ずくで越前屋を追われたという見立てだ。いつの間にか忽然と消えてしまったなどと主張していたのは、もちろん全部口から出まかせに過ぎぬ」

「すると、おたきが新右衛門のことを案ずるふりをしていたのは、演技は演技でも——」

「単に体裁を取り繕うためではない、自分の犯した咎《とが》を隠蔽するためだ。新右衛門はおたきの横暴に耐えかね、ついに反旗を翻《ひるがえ》したのだろう。おたきにしてみれば飼い犬に手を噛まれたようなもので、どうにもそれが腹に据えかねたのだ」

「新右衛門を店からおっ放り出しちまったってわけですね」

「その程度で済んだのであればまだよいのだが……見境をなくしたおたきによって座敷牢に幽閉された、あるいはこの世には既にいない、そんな事態さえ起きたかもしれぬ」

「それで屋敷の中を残らず見て回ったり、井戸の中を覗いたりしていらしたんですね。すると、中庭の地面をお調べだったのは」

「もしや新右衛門の死体をどこかに埋めたのかもしれぬと考えて、埋め戻した跡が残ってはいないかと探してみたのだ。けれども、残念ながらと言うべきか、地面が変色したり柔らかくなっている場所は特段なかったがな」

わずかに惣左衛門は苦笑して、

「やはり、この見様は少々勘ぐり過ぎのようだ。もしおたきの仕業であるなら、わざわざわしを呼びつけたりはしまい。わしに悪事を暴かれて、藪蛇になってしまうかもしれんのだからな。十中八九新右衛門が進んで出奔したに相違あるまい。であれば、下手に穿鑿するとかえって新右衛門のためにはならぬ。越前屋主人の座を捨てるとは相当な覚悟だったはずだ、好きなようにやらせてやろう」

その時、惣左衛門の背後で大きな声がした。初めは自分が話しかけられているとは思わず、惣左衛門は歩みを止めようとはしなかった。しかし、再び背後で何かを叫ぶ声が上がり、はなはだ不明瞭な発声ながらも、それが、

「旦那様！」

と、自分を引き止めようとしている呼びかけであることにようやく気づいた。

振り返ると、十二、三歳くらいだが、背が五尺はあろうかという少年が立っていた。越前屋の揃いの仕着せを着ている。

「いったい何だ」

越前屋の小僧と思しき少年は、無言のまま手を差し出した。見ると、惣左衛門の巾着を握っている。うっかり惣左衛門が落としてしまい、それをこの小僧が拾って追いかけてきてくれたようだ。

「おお、すまんな」

惣左衛門が礼を述べると、小僧は満面に笑みを浮かべながら何か口にした。言葉が不自由なようで、はなはだ聞き取りづらかったが、どうやら「お勤めお疲れ様でございます」と言ったらしい。

小僧はぺこりと頭を下げると、踵を返して店の方に戻っていったが、何やらふらつくような妙な歩き方をしている。足元を見ると、下駄の鼻緒が赤い。なぜか女物を履いているようで、小僧の足には小さ過ぎる。

「名は長松《ちょうまつ》と言います」

小馬鹿にしたような笑みを浮かべながら、繁三が説明した。

「どうやら少しばかり足りないようで、何をやらせても要領が悪い。他の奉公人たちからは『独活《うど》の大木』なんて呼ばれて、さんざ馬鹿にされています」

長松の後ろ姿を惣左衛門が目で追っていると、越前屋に戻った途端に店先で、

「どこをほっつき歩いてたんだ。掃き掃除一つまともにできないのか」

と、手代と思われる若者から大声で叱責されているのが聞こえてきた。

＊　＊　＊

それから半年近くの間、新右衛門の失踪の吟味については何の進展もなかった。

越前屋を訪ねた翌日、早速惣左衛門は歌川国恒《うたがわくにつね》という北町奉行所出入りの絵師に新右衛門の人相書きを描かせて各町の自身番に配り、見かけたらただちに知らせるようにと命じた。しかし、惣左衛門がこの一件に関してしたことはそれくらいだった。

どんな方策を用いたのかは別にして、越前屋での生活に嫌気がさした新右衛門が自らの決断で遁走した可能性が相当に高い。また、新右衛門が何らかの形で犯罪に巻き込まれたという明白な根拠があるわけでもなかった。こうした状況の中では、多忙を極める町奉行所の定町廻り同心が掛けられる手間と時間は自ずと限られていたのだ。

とは言うものの、惣左衛門とて今少しおたきに親身になってやらねばと考える時もないではなかった。だが、連日の激務のため越前屋を再訪することもままならない。

すると、そうこうしているうちに惣左衛門は一度思わぬ場所でおたきに出くわした。ある六月の早朝、惣左衛門ら北町奉行所一同は『雷小僧』を名乗る盗賊一味のねぐらを急襲した。残念ながら一足違いで逃げられたらしく、空しく手ぶらで帰途についたのだが、その途中で玉円《ぎょくえん》寺《じ》の脇を通りかかった時におたきを見かけたのだ。

おたきは百度参りの最中だった。唇をきっと結び、前方をひたと見据えて、素足で参道を進んでいく。もとより新右衛門の帰還を願ってのことだろう。いったい今日で何日目なのか。

その一心不乱な様子に胸を打たれた惣左衛門は、もしや自分は大きな勘違いをしていたのかもしれぬと思った。だが、百度参りの最中には言葉を発してはならないと言われている。おたきに不用意に声を掛けるわけにはいかないので、その日はそれで終わった。

事件が思わぬ形で動き始めたのは、それから間もなくのことだった。新右衛門を巣鴨《すがも》で見かけた者がいるという知らせを繁三がもたらしたのだ。

「巣鴨だと？」

巣鴨は江戸の北のはずれ、辛うじて墨引内《すみびきない》（町奉行所の支配地）にはあるものの日本橋から三里も離れた田園地帯である。

「まことに新右衛門なのか。他人の空似ではあるまいな」

「新右衛門に会ったと言っているのは、先代の勝兵衛の時から長らく越前屋と取引きのある経師屋ですから、おそらく見間違いではないと思われます。声を掛けると、新右衛門は顔を背け、逃げるようにしてその場を立ち去ったそうです」

「巣鴨は越前屋と何か関わりがある土地なのだろうか。越前屋の寮が巣鴨にあるとか、新右衛門は元々巣鴨の出だとか」

「いえ、そういったことは格別ありません」

「では、奉公人の中に在所が巣鴨の者はいないだろうか」

「越前屋まで一っ走りして、ちょいと調べてきます」

一刻もしないうちに繁三は戻ってきて、惣左衛門に告げた。

「小僧の長松の実家が巣鴨の農家とのことです」

「長松？」

「ほら、例のちょいと足りない小僧です」

「ああ、あの時の」

惣左衛門は鼻を撫でながら暫時《ざんじ》何事かを思案していたが、

「よし、越前屋に行くぞ」

溜まっている面倒な書類仕事を後輩の菊池に押しつけて、惣左衛門は奉行所を飛び出した。

東湊町に到着するや、惣左衛門は直ちに長松を自身番に呼び出した。落ち着かぬ様子の長松は、唇を舐めながら視線をあちらこちらに泳がせている。

「今日はおさとの下駄は履いておらんようだな」

長松の足元に目をやりながら惣左衛門がそう言うと、見る見るうちに長松は色を失った。

「さあ、全部白状してもらおうか」

＊　＊　＊

翌日惣左衛門は朝一番で出立するつもりであったが、南鞘町《みなみさやちょう》で棒手振り《ぼてふ》同士の乱闘騒ぎが突発した。その処理に思いの外手間取ったため、巣鴨村に到着したのは昼八つ（午後二時頃）

過ぎになってしまった。中山道《なかせんどう》沿いに並ぶ各藩の下屋敷を除けば人家はまばらで、見渡す限り田畑や林が広がっている。

巣鴨は染井《そめい》とともに植木屋の一大集積地となっていた。園芸好きの惣左衛門の心は浮きたったが、余計な寄り道をしている暇など無論ない。折よく肥桶《こえおけ》を積んだ大八車が通り掛かったので道を尋ねてみると、目当ての場所はそこからまだ八町も先だった。

二本並んだ銀杏《いちょう》の木が目印だと教わってようやくたどり着いたその家は、この辺りの農家としては案外に大きな構えだった。鶏が七、八羽放し飼いにされている前庭を抜け、入り口の土間で惣左衛門はおとないを入れた。しかし、家人はみな野良仕事で出払っているらしく、何の応えもない。

しばらく待つより他ないかと嘆息《たんそく》しかけたその時、家の裏手の方から乾いた高い音が響いてきた。裏庭に回ってみると、一人の男が斧を振って薪割りをしている。野良着を身に付けていたが、撫で肩のその後ろ姿には見覚えがあった。

「越前屋」

惣左衛門が声を掛けると、驚いた様子で男は振り向いた。

「戸田様……」

白皙《はくせき》だった面《おもて》が見違えるように赤黒く日焼けしていたが、新右衛門本人に間違いなかった。首に掛けた手拭いを外すと、頭を深々と下げる。

「このような遠方まで足をお運びいただき、真《まこと》に申し訳ございません」

「余計な世話かもしれぬが、事の次第に気づいてしまった以上、お主の話を一度は聞いておかねばなるまいと思ってな」

惣左衛門は近くの切り株に腰を下ろした。

「その恰好もなかなか似合っているではないか。田舎暮らしも存外に水が合っているようだな」

新右衛門は土の上に膝を折りながら、

「ここのことは長松からお聞きになられたのですね」

「長松を責めないでやってくれ。わしが無理に口を割らせたのだ」

「早晩お見えになられるだろうと予想はしていました。店では神隠しだと大騒ぎになりましたでしょうか」

「うむ、なかなか鮮《あざ》やかな手並みだったな」

「いちいち申し上げずとも、私が何をしたかすべて見抜かれているのでしょうね」

「ああ、ではわしの推量を言ってみるから、違っていたら指摘してくれ。

おたきが騒ぎ始めた時、お主は縁台の陰で床の上に腹這いになっていたのだ。縁台の高さは一尺ほどあり、緋毛氈が目隠しの役割をしたので、おたきはお主の姿が目に入らなかったのだ」

「確かにそれで一時は誤魔化せますが、そこからどうやって脱け出すことができたと仰るのですか。ずっとたきに見張られていたというのに」

早速新右衛門が反論してきたが、惣左衛門はそれを軽くいなすように微笑して、

「おたきは舞台から目を離すことは寸刻もなかったというが、実はあった。『神隠しだ』と叫びながら見世の間に駆けていった時だ。

その瞬間、帳場は無人になった。すぐさまおたきは取って返したが、そのわずかの隙をついてお主は勝手口に向かった。おたきが縁台の下を調べたのは見世の間から戻ってきた後のことで、その時にはお主は既にそこから脱出していたという寸法だ」

「ですが、たきがどんな行動をとるのか事前に予測はできません。もしもたきが見世の間に足を向けず、すぐに舞台の捜索を始めて縁台の下を覗かれたら一巻の終わりです。目論見はたちまち破綻してしまいます」

「そのとおりだ。だから、すべてはまったくの偶然だったのだ。元々お主にはおたきを騙して出奔しようという気など皆目なかった。ところが、勘違いをしたおたきが『神隠しだ』と喚きながら遠ざかる足音を聞き、今が姿を晦《くら》ます絶好の機会だと気づいた。おたきの錯覚を奇貨として、咄嗟《とっさ》の思いつきで逐電を決行したのだ」

「さすがは『八丁堀の鷹』の異名をとられる戸田様」

頭を掻きながら新右衛門は苦笑した。

「何もかもお見通しのようでございますね」

「だが、そもそもの理由が分からん。おたきを欺《あざむ》くつもりがなかったのなら、なぜお主が縁台の陰で腹這いになっていたのかが」

それまで能弁だった新右衛門が急に口を噤《つぐ》んだ。唇を真一文字に結んだまま、地面の雑草を見つめ続けている。その時不意に、鳥の甲高い鳴き声が上空から聞こえてきた。

（おっ）

鳶《とんび》だった。旋回しながらはるか上空の高みへと昇っていく。惣左衛門のお気に入りの光景である。新右衛門も鳶の姿をずっと目で追っていたが、やがて西の空の彼方へと飛び去っていくのを見届けると、

「単純な話でございます」

と、再び話し始めた。

「あの時私は、縁台の下に落ちていた豆を拾おうとしていたのです」

「豆まきの後片づけをしていたのだったな。越前屋では当主の率先垂範が家訓とされていると聞いたが」

「そう言えば聞こえはいいですが、実情はそんなものではございません。婿養子の私が日頃どのような仕打ちを受けていたかはお聞き及びでしょう」

新右衛門は苦虫を嚙み潰したような顔をした。

「掃除を終えるのに半刻ばかりも掛かりましたでしょうか、やれやれやっと終わったとほっと息をついたその時、縁台の下に豆が一粒落ちているのを見つけたのです。たとえ一粒であっても、そのままにしておけばたきから厳しい言葉で叱責されます。どんな些細な手落ちや目こぼれでも、たきは決して許さないのです。

私は慌てて腹這いになり、手を伸ばしました。その時出し抜けに、自分はこの家の主人でありながら、ずっとこうして這いつくばって生きてきたのだ、という考えが胸裏に浮かびました。そしてさらに、そんな生活は私が越前屋にいる限り終わることはなく、今後も永々と続いていくのだとも思いました」

淡々と新右衛門は語り続ける。

「たきから見れば、私という存在はこの一粒の豆よりも軽いのだ、そう気づいてしまったのです。何もかもが馬鹿らしくなりました。その時です、『神隠しだ』と言うたきの声が聞こえたのは。縁台の陰になっていたため、たきはすぐ足元に私がいることに気づいていないようです。そして、慌ただしく遠ざかっていく足音が聞こえました。

その刹那、私は決意していました。姿を消すなら今だ、今しかないと」

「その頃あちこちで多発していた神隠しに見せかけることができるからだな」

「はい。神隠しならば仕方がないと、たきは私の追跡をあっさりと諦めるだろう。また、仮に探索願いの申し出があっても御番所が本腰を入れることはあるまい。そうなれば、見つけられて越前屋に連れ戻されることはない。そう踏んだのです。

その時点では後の見通しは何もありませんでしたが、とにかくこの店から逃げ出してやろうという一念で頭の中は一杯でした」

「この長松の実家を頼ろうと思いついたのはいつのことだ。事前に計画していたのでなければ、どの時点で長松はこの一件に加わったのだ」

「私は誰にも気づかれずに勝手口まで来たのですが、その時たまさか長松に出くわしました。木偶《でく》の坊扱いされている長松は表の仕事はさせてもらえませんので、その時は一人で中庭の掃除をしていたのです。

まずい、見られてしまった、失敗だ。私はその場に言葉もなく立ち尽くしました。すると、長松が意外なことを口にしました。自分の下駄を履いていけと言うのです」

「長松がそんなことを？　てっきりお主の方から頼んだのかと思っていたが」

「ええ。事情を何も聞かなくとも、長松は私の表情と、表の方から聞こえてくる『旦那様が神隠しだ』などと騒ぐ声ですべてを察したようでした。長松は常日頃、他の奉公人たちから蔑《さげす》まれています。同様にたきに軽んじられている私の姿を見て普段から思うところがあったのでしょう、私の逃亡の手助けをしてくれる気になったようでした。

私の履物がなくなっていたら、自らの足で外へ出ていった、つまり自分の意志で逐電したのだと露見してしまいます。そこで自分のものを履くようにと持ちかけてきたのです。私には思いも寄らぬ、大した名案でした」

「長松は大人並みの体格だから、大きさも差し支えなかったわけだ」

惣左衛門は頷いた。

「もっとも、長松は履物を一足しか持っていなかったようだな。お主に下駄を貸したために履くものがなくなって、おさとに借りていたぞ」

おさとと特に仲の良い同い年の小僧とは長松のことだったのだ。

「さらに長松は、自分の実家に身を潜めたらどうかと勧めてくれました。行く当てなど何も考えていませんでしたから、まさに渡りに船の申し出だったのです。

長松は『独活の大木』などと陰口をたたかれているようですが、ただ言葉をうまく口から出せないだけで、他の奉公人たちと比べても遜色のない手腕を持っています。そのことに気づいていた私は以前から長松に目を掛けてやってはいたのですが、これほどよく知恵が回るのかとたいそう驚かされました」

「なるほどな、これですっかり合点がいった……ところで、今後どうするつもりだ。店に戻る気はないのか」

「はい、皆目ございません。もとより私など飾りのようなものです。この半年の間私がいなくても越前屋が左前になったわけでもないと聞いておりますし、今後もそうでしょう」

新右衛門は唇を歪めた。

「たきは私が目の前から消えて、さぞや晴れ晴れとしているはずです。今さら私にのこのこ戻られても世間体が悪いだけで、かえって迷惑でしょう」

「いや、そうとも限らんぞ」

先日玉円寺で見かけた光景を惣左衛門は新右衛門に語って聞かせた。

「たきが百度参りを……真ですか」

「ああ、義理や体面のためにしているとは到底見えぬ真摯な様子だったぞ。お主が無事に戻ってくることを心底から願っているのだろう」

「信じられませぬ、あのたきが――そんな馬鹿な……」

かすれた声で新右衛門は呟いた。深く項垂《うなだ》れて、鶏が二、三羽寄ってきて足元をうろつき回っても身動き一つしない。惣左衛門は無言で待ち続けた。

「店に戻ることにいたします」

唐突に顔を上げ、新右衛門が宣言した。

「ほう、そうか」

「私も救いようのないお人好しですね。すべてが元の木阿弥《もくあみ》になるだけかもしれないのに」

新右衛門は片頬で薄く笑った。

「たきを信じてもよいのではないか、いやたきを信じてみたい。この期に及んでもまだ、そんな甘い考えが心のどこかに残っているようです。たきは越前屋を守《も》り立てたいという気持ちが少しばかり強かっただけではないか、あの罵詈雑言も実はたきなりの叱咤激励だったのではないか、とね。とんだ痴《し》れ者とお笑いください」

時の鐘の音は巣鴨までは届かないが、日の傾き具合から判断すると既に夕七つ（午後四時）を過ぎているようだ。そろそろ帰らねばと惣左衛門が腰を上げると、新右衛門も見送りに立ちながら、

「やりかけの仕事を片づけなければならないので、戻るのは三、四日後になるとたきにお伝えいただけますか」

「承知した」

茜色に染まり始めた夕空の下、惣左衛門は江戸市中を指して歩き始めたが、道中ずっと心が波立つのを抑えられなかった。新右衛門の下した決断に胸を衝かれていたのだ。

おたきの百度参りについて伝えれば、新右衛門は少なからず心を動かすことだろう。巣鴨を訪ねる前、惣左衛門も一応そう予想してはいた。しかし、おたきと一息によりを戻すところまではおさおさ行くまいと考えていたのだ。ところが新右衛門は帰宅を即断した。いったいどういう心境なのだろう。

（分からぬ）

夫婦間の心の機微というものは、傍《はた》からは窺い知ることができぬようだ。曲がりなりにも夫婦だった十年という歳月の重みが新右衛門を翻意させたのか。仲が冷え切っているように見えて、実のところ二人には心底で相通ずる何かがあったのか。

自分たち夫婦には、そんな何かが果たしてあったろうか。惣左衛門はお静との結婚生活を改めて顧みた。しかし、やはり答えは常のとおり「否」だった。お静を嫁に迎えたのは、武士にとって最優先すべき家の存続のためだった。そして子が生まれた後は、お静には母としての役目を期待していたに過ぎない。

（だが、ないものねだりをしても詮ないことだ）

女性を愛しむことができないという己の心が抱える瑕疵《かし》を惣左衛門は十二分に自覚していたが、努力してどうにかなる類のものでもない。このままで生涯を終えるのか、それとも何らかの転機が不意に訪れるようなことがあるのか、いずれ時が答えを出してくれるだろう。

道すがらそんなことをつらつら考えながら、惣左衛門は八丁堀の役宅に戻った。足を洗って着替えを済ませ、一服するかと煙管《きせる》を手にしたところへ、松吉が息せき切ってやってきた。

「旦那様。耳寄りな知らせが届きました」

「いったい何だ」

「芳三《よしぞう》が江戸に帰ってきました」

「何だと！　まことか」

芳三は舌先三寸で金銭を騙し取る詐欺を数多く働いていた。捕縛寸前というところで惜しくも上州《じょうしゅう》に逃げられてしまい、惣左衛門は切歯扼腕《せっしやくわん》したのだが、いつの間にか江戸に舞い戻ってきていたらしい。

「何日か前から吉原《よしわら》の丸屋《まるや》という妓楼《ぎろう》に居続けをしているそうです」

「吉原か……」

遊里に強い嫌悪感を抱く惣左衛門にとって足を運びたい場所では毛頭ないのだが、職務とあれば致し方ない。

「相分かった。明日早速に出向いて引っ捕らえてくれよう」

松吉を見送るために惣左衛門が外に出ると、日はすっかり暮れていた。七夕がもう間近に迫っている。全天に浮かぶ糠星《ぬかぼし》が、数え切れぬほどの明るい煌《きら》めきを夜空に放っていた。

島抜け

「お久し振りでござる」

昼食後の腹ごなしに散歩をしていた戸田惣左衛門は、不意に思い立って生駒屋《いこまや》の寮を訪れてみることにした。惣左衛門がおとないを入れるとこの寮の主である徳右衛門《とくえもん》自らが応対に出てきたが、惣左衛門の姿を目にしてひどく驚いた色を見せた。

「これは戸田様――一体いかがなさいましたか」

「藪から棒にすまんな。実はこの度、わしも橋場《はしば》に住むことに決めたのだ。それで挨拶をしておこうと考えてな」

「えっ……」

転瞬徳右衛門は絶句したが、にこやかな笑みをすぐに浮かべて、

「積もる話もございます。どうぞ中へお上がり下さい」

と、惣左衛門を客間へと誘った。

「ところで戸田様」

惣左衛門が茶を一服して落ち着いた頃を見計らったように、徳右衛門が尋ねてきた。

「ここ橋場に住まれるということは、お勤めはいかがなさるのですか」

「うむ、実は胸を少々悪くしてな。家督《かとく》を長男に譲って、隠居したのだ」

「なるほど……ですが、なぜ橋場に?」

「いや、その、この辺りの何とも落ち着いた佇まいが気に入ってな」

予想外の問いに狼狽《うろた》えつつ、惣左衛門はそう答えた。惣左衛門がかつては歌舞伎を毛嫌いしていたことを徳右衛門は知っている。まさかあっさりと宗旨替えをし、猿若町に近い橋場であれば芝居を見に行きやすいと考えたから、などと本当の理由を伝えるわけにはいかない。

「そうですか……」

そう呟くと徳右衛門は俯《うつむ》き、何事か考え込んでいる様子である。「積もる話がある」などと言う割には、それきり口を閉ざして沈黙したままである。

(はて……?)

長い鼻梁を擦りながら惣左衛門は訝《いぶか》しんだ。先ほどから徳右衛門の挙動が何やら妙である。

(隠居した町方とはもう付き合いたくないということだろうか)

徳右衛門は亀島町《かめしまちょう》の米穀問屋、生駒屋の先代の主人である。数年前に隠居し、この橋場の寮に住んでいた。北町奉行所町廻り同心の惣左衛門は亀島町を廻り筋としており、生駒屋とは浅からぬ職務上の関わりがあった。惣左衛門は生駒屋から何くれとなく付け届けを得、その見返りに様々な便宜を生駒屋に図ってやるのだ。

そのため二人が交際を結んでいたと言っても、それは単に利害によって繋がっていたものに過ぎず、友情だの交誼だのがあったわけではない。隠居する惣左衛門にはもう利用価値はないから、今さら訪ねて来られても迷惑だと感じているのかもしれない。

二人の間に気まずい沈黙が横たわる。すぐさま退散するに如《し》くはなさそうだ。

「では、わしはこれにて――」

そう考えた惣左衛門が腰を上げかけた時、徳右衛門がようやく適当な話柄《わへい》を思い出したとでもいうように、

「それにしても戸田様」

と、出し抜けに声を上げた。

「とても病を得られたとは思えぬ御様子、『八丁堀の鷹』は未だ御健在なのではございませんか。しばらく前にも読売で拝見しましたぞ。黄八丈《きはちじょう》を着た女が跡形もなく姿を消してしまったという事件を見事に解決なさったとか」

「ああ、あれか」

惣左衛門は少し顔を顰《しか》めながら、

「さように誉めてもらうほどのこともないのだが……」

「何を仰《おっしゃ》います。読売にはあまり詳しいことは載っておりませんでした。よろしければ後学のために、一つお聞かせ願えませんか」

「ふむ……」

本来であればとても胸を張って自慢できるような一件ではない。しばしの間惣左衛門は躊躇《ちゅうちょ》したが、まあ構うまいと思い直して話し始めた。

「実のところ、これを機に隠居を決断したのだがな。ほれ、まだ十一月なのにひどく雪が積も

った日があったろう……」

＊＊＊

灰色の厚い雲が、空一面に垂れこめている。昨日の夕方から降り続いた雪は明け方に止んだものの、太陽は一向に顔を見せようとしない。地面には降り積もった雪がほとんど溶けずに残り、底冷えのする寒さは江戸市中に居座ったままだった。十一月とは到底思えぬ陽気である。

惣左衛門は平静を装っていたものの、寒気で総身が震えるのを抑えきれなくなっていた。

昼九つ（午後零時頃）の鐘が鳴ってから、四半刻余りが過ぎている。しかし、目当ての人物は一向に現れない。惣左衛門はしびれを切らしかけていた。

（一杯食わされたかもしれんな）

もうかれこれ半刻近くも上野不忍池《うえのしのばずのいけ》の畔《ほとり》に立ち、柳並木の陰から出会茶屋の千鳥屋《ちどりや》の一室を見張り続けている。惣左衛門は先ほどから咳き込みそうになるのをずっと我慢していた。ただでさえこのところ胸の調子が優れないのに、この寒さではますます具合が悪くなってしまう。

このままでは一向に埒が明かない。惣左衛門は傍《かたわ》らに控える松吉に目をやり、直接探りに行かせてみようかと思案した。ところがその矢先、池に面したその部屋の障子が不意に開いて、黄八丈を着た女が窓辺に現れた。

（おもんだ。間違いない）

五年前おもんを捕縛し、島流しにさせたのは惣左衛門であった。おもんは何食わぬ顔で次々と大店《おおだな》に下女として入り込んでは、夜盗の押込みの手引きを繰り返していたのだ。島暮らしの過酷な生活のためだろう、往時に比べてだいぶ痩せぎすになったようだが、特徴のあるあの金《かな》壺眼《つぼまなこ》は見紛《みまが》いようがない。

今朝早く、北町奉行所の裏門近くに一通の文が投げ込まれているのを門番が見つけた。差出人の名はなく、表書には惣左衛門の名が書かれていた。中を開けると、おそらくは筆跡を隠すためであろう、蚯蚓《みみず》ののたくったような字で、おもんが今日の昼九つに不忍池畔の千鳥屋を訪れるとの一文のみがあった。

おもんは三宅島《みやけじま》への遠島に処されたが、先月同じく島で知り合った四人の男とともに小舟を盗んで島抜けを敢行していた。嵐に遭遇したせいであえなく海の藻屑《もくず》と消えたと見なされていたが、何とも驚いたことにおもんと思しき女が十日ほど前に昌平橋《しょうへいばし》近くで目撃されていた。人違いでなければ、無事海を渡り切り、江戸に潜伏していることになる。惣左衛門らはおもんらの行方を懸命に探索したが、居場所を突き止めることはできなかった。

そこへ今朝の文である。誰が何の目的で寄越したのか、また真偽のほども不明だが、無視するわけにもいかない。そこで、名指しされた惣左衛門が体調不良を押して上野まで出張ってきたのだ。

(やはり生きていたのか)

しばしの間おもんは池を眺めていたが、振り返って誰かと、おそらくは情夫と何事か言葉を交わした。会話の内容が聞こえる距離ではないし、相手の姿もここからは見えない。おもんは艶めいた笑みを浮かべると、科《しな》を作りながらゆっくりと障子を閉めた。

それから何ら動きがないまま半刻余りが経過し、昼八つ（午後二時頃）の鐘が鳴った。

「まったくいつまでよろしくやってるつもりなんだ」

惣左衛門の背後に控えている藤八《とうはち》がいきり立ったように吐き捨てた。藤八は最近試しに小者として使い始めた男で、まだ十九歳と若いだけに血気に逸りがちである。

「旦那様、さっさと踏み込みましょう。今なら訳なくひっ捕まえられますぜ」

「まあ、待て。そう焦るな」

情事の真っ最中ともなれば、おもんらの警戒心ははなはだ薄れているはずだ。だから捕縛が容易なのは確かだが、決して上策とは言えない。同衾《どうきん》している男が仮に一緒に島抜けをした男のうちの一人だとしても、あと三人残っている。今も五人が行動をともにし、一所《ひとところ》に潜伏している可能性も小さくはない。おもんを泳がせて尾行すれば、隠れ家を突き止めて連中にまとめて縄を打つことも期待できるから、軽々に動くわけにはいかなかった。

とは言え、それからさらに四半刻がたつと、さすがに遅過ぎると惣左衛門も苛立ちを覚え始めた。体も骨の髄まで冷え切り、足踏みを止められなくなっていた。

するとその時、突然障子に光が差した。どうやらようやく濡れ事が終わったらしく、身繕いでもするために行灯《あんどん》をつけたようだ。となれば、おもんたちはもう間もなく出て来るはずだ。

ほどなくして一挺の駕籠《かご》が千鳥屋の玄関に着いた。

もしやおもんが呼んだものかもしれない。駕籠に乗られると、尾行するにはいささか面倒だ。物左衛門は緊張して駕籠を見つめたが、玄関から出てきたのはどこぞの大店の主人と思しき太鼓腹の男だった。

そそくさと駕籠に乗り込む男から惣左衛門は目を逸らしかけたが、次の瞬間慌てて視線を戻した。駕籠舁《か》きが駕籠を持ち上げた時にできた底面と地面との隙間から、赤い鼻緒と黄色い裾が垣間見えたのだ。駕籠が前に進み始めると、それにつれて赤い鼻緒も一緒に移動していく。駕籠の陰に隠れて脱出する心積もりなのだ。

張り込みに気づかれていたか。思わず惣左衛門は舌打ちをした。小賢しい真似をするものだ。

「ここから二人は別行動をとるようだ。お前は千鳥屋に残った男の監視を続けろ」

そう藤八に命ずると、惣左衛門は松吉とともに急いで追跡を開始した。不忍池から流れ出た忍川《おしかわ》に架かっている三橋《みつはし》を渡って、下谷広小路《したやひろこうじ》に入る。江戸三大広小路の一つであり、深更《しんこう》に至るまで人の波が絶えることはない。

（まずいな）

見失いはしないかと惣左衛門は胸奥《きょうおう》で危惧したが、幸い杞憂であった。思いの外上背があり、他の通行人より頭半分ほど高いので、赤い玉簪《たまかんざし》を差した島田髷《まげ》をしっかりと視界に捉えることができる。加えて、黄八丈の鮮《あざ》やかな黄色は雑踏の中でもしごく目立っているから見失う恐れは更々ない。十人並みの面相のはずなのに、すれ違った男が驚いたような顔で何度か振り返った。

惣左衛門は十間ほどの距離をとって尾行を続けた。しかしやがて、

(おもんの奴、いったいどこまで行くつもりだ)

惣左衛門の心中に不審が芽生えた。雪で道悪のためか、あるいはうまく追手を振り切ったと安心しているためか足取りは速くはないのだが、いつまでたっても足を止めない。湯島天神《ゆしまてんじん》の裏門坂道を抜けて中山道《なかせんどう》に出ると、小間物屋の兼康《かねやす》を通り過ぎ、白山権現《はくさんごんげん》の方へどんどん進んでいく。

「本郷《ほんごう》も兼康までは江戸の内」

という人口に膾炙《かいしゃ》した川柳のとおり、この辺りまで来ると市中とは随分と景観が異なってくる。田畑や雑木林が増え、農村の趣が色濃く感じられた。九尺二間の裏長屋はほとんど見られなくなり、代わりに茅葺《かやぶき》屋根の仕舞屋《しもたや》が多く立ち並んでいる。

つけられていることに気づいてわしを撒こうとしているのだろうか。そう惣左衛門が怪しみ始めたまさにその時、ようやく歩みを止めて入っていったのもそんな仕舞屋の一軒だった。

(ここがおもんの隠れ家だろうか)

吉祥寺《きちじょうじ》も過ぎて、駒込富士前町《こまごめふじまえちょう》まで来ていた。市中からは相当に離れており、周囲に人気は少なく、潜伏するには恰好の場所である。一緒に島抜けした連中もここにいる公算は大きい。

もっとも、単に何か用事があって知己を訪問したに過ぎないのであれば、惣左衛門のまったくの見込み違いということになる。暫時《ざんじ》様子を見た後でなければ、何とも判断がつかない。今の時点でいきなり乗り込むのは早計だろう。

仕舞屋の向かいにはどこかの大店の寮と思しき一軒家が建っており、惣左衛門はその門の脇に立つ大きな松の陰に身を寄せた。すると、折よく寮番と思しき老人が中から出て来た。

「しばし待て。あの仕舞屋は誰の家か知っておるか」

唐突に町廻り同心に呼び止められ、老人はぎょっとしたような表情を見せたが、

「長らく空き家となっておりましたけれども、確か巳之助《みのすけ》とかいう若い方が先日移って来られたばかりです」

「真《まこと》か」

惣左衛門は目を見張った。おもんら一党を率いていると目されたのが巳之助だった。久松町《ひさまつちょう》の小料理屋に勤める腕の良い板前であったが、その実思いも寄らぬ裏の顔を持っていたのだ。

巳之助の手口はすこぶる残忍なもので、一味が金を強奪して立ち去った後生き残っている者は絶えてなかった。憤激した惣左衛門ら北町奉行所の面々は懸命の探索を続け、重陽《ちょうよう》の夜に大《おお》伝馬町《でんまちょう》の備前屋への押込みを企てていることを突き止めた。惣左衛門は番頭や手代に扮装させた捕方《とりかた》を店内に待機させ、押し入って来た連中を根こそぎ捕縛することに成功したのだった。

ところがその中に、頭目であるはずの巳之助は含まれていなかった。妙に鋭い勘の持ち主らしく、その夜に限って疝気《せんき》を理由にして押込みには加わっていなかったのだ。惣左衛門は手下の供述をもとに情婦の柳橋《やなぎばし》芸者の家に潜んでいる巳之助をお縄にし、厳しく詮議した。

巳之助は幼い頃猿若町で陰間《かげま》勤めをしていた経歴があり、色白の細面でかなり華奢《きゃしゃ》な体つきをしている。しかしその外見とは裏腹に存外肝っ玉が大きいようで、どれほど容赦なく牢問で

痛めつけても知らぬ存ぜぬを貫き通した。

「お取り違えですぜ、旦那様」

巳之助は血の滲む唇を歪ませて不敵な笑みを浮かべ、

「あっしは博打《ばくち》はもちろん、囲碁将棋なんぞの勝負事もからきし不得手なんでさあ。味噌を付けたら鈴ヶ森《すずがもり》行き間違いなしの一六勝負に、自分の命を賭けようとは露にも思いませんや」

「減らず口をたたくな！」

惣左衛門はさらに激しく責め立てたが、結句巳之助は決して口を割らなかった。この時代の法制度では、察斗詰《さっとづめ》（自白なしで処刑すること）に当たる場合を除いて、本人の自白がない限り罪に問うことはできない。不本意ながら放免とせざるを得ず、配下の者がみな死罪や遠島に処せられた中で一人巳之助のみは罰を免れた。その直後に巳之助は町奉行所との約を違えて何処《いずこ》かに姿を晦《くら》ましてしまい、以後行方知れずとなっていたのである。

「巳之助さんはお体の具合が優れないようですね。いつも臥《ふ》せっていらっしゃるらしく、お顔をお見かけしたことはほとんどございませんが……」

すると、おもんは巳之助を見舞いに訪れたのだろうか。あるいは、自分の分け前を要求しにやって来たのかもしれない。巳之助一味が略奪した金品の総額は優に三千両を超えると推計されていた。その金は捕縛される前に巳之助がどこかに隠匿してしまったために押収することができなかったのだが、もしやこの家がその隠し場所なのではないだろうか。となれば、巳之助を罪に問う何よりの証しとなるはずだ。

にわかに惣左衛門の胸は高鳴った。どうやら他の島破り四人を一網打尽にするという当ては外れたようだが、その代わり巳之助に縄を打つ絶好の機会が巡ってきたようだ。

惣左衛門は老人に礼を言って解放すると、巳之助の家の周囲を観察した。左隣には似たような仕舞屋があるが、建物や庭木の荒れ具合などから察して廃屋のようだ。右隣には三十坪ほどの庭をはさんで、本堂の屋根に宝珠を載せた黄檗宗《おうばくしゅう》と思しき寺の境内が広がっている。

「松吉、お前は裏手に回って背戸を固めろ」

惣左衛門は今いる位置からは死角になっている背戸に松吉を配置し、自身は松の木の陰に隠れて監視を再開した。

何事も起こらぬまま、四半刻ほどが経過した。おもんに茶でも出すために巳之助が竈《かまど》で火を熾《おこ》したらしく、屋根の煙出しから黒煙が上がっている。巳之助とおもんの間でいかなる話し合いがなされているのだろうか。

惣左衛門は絶え間なく足踏みを続けていた。足元から立ち上ってくる冷気に、尾行の最中は温められていた身体がどんどん凍りついていく。

(おもんめ、今度は巳之助と乳繰り合っておるのか)

胸裏で惣左衛門が毒づいた時だった。

「やめろ、おもん！　何しやがる」

卒然として男の叫び声が上がった。その声には聞き覚えがあった。巳之助のものだ。

「うぎゃっ！」

続いて、喉の奥から絞り出したような悲鳴。

「己っ！」

そう叫びながら、惣左衛門は一散に駆け出した。胸がひどく苦しいが、そんなことを言っている場合ではない。惣左衛門の足音に驚いたのか、黒猫が縁側から庭に飛び出していくのが目に入った。

惣左衛門は入り口の引き戸を荒々しく開け、中に踏み込んだ。元は農家だったのか、取っつきは竈《かまど》のある土間になっていて、その奥に板の間がある。

そこは血の海と化していた。その中に一人の男が仰向けに横たわっている。下腹の辺りが真っ赤に染まり、なおもおびただしい血が流れ続けていた。

病のためか頬がこけてかなり面《おも》変わりしていたが、巳之助に間違いなかった。惣左衛門は巳之助の傍らに屈みこんだ。目を閉じて、ぜいぜいと荒い息をついている。

「戸田の旦那……ですか……」

耳はまだ聞こえていて気配で分かったのだろう、瞼《まぶた》を開けぬまま巳之助が顔を惣左衛門の方に向けた。

「ああ、わしだ。一体何があった」

「どじな真似をやらかしやした。おもんの奴に久し振りに会ったもんで、懐かしさからつい油断していたらこのざまで――」

「おもんにやられたのか」

「ええ、島での苦労話やら何やらを聞かされた後、久々に碁でもとなって……」

確かに巳之助の側には対局中の碁盤が置かれている。碁は打たないと言っていたはずだが、宗旨替えをしたらしい。

「おもんは最初のうちは勝ってたのに逆転の一手を打たれて腹を立てたらしく、いきなり金の話を始めて……あたしの手引きのおかげで上手く行ってたんだから、もっと分け前を寄越せ……島でさんざ苦労させられたんだから、それぐらい当然だ、って……みんな博打に使っちまって、もう一銭も残ってねえのに……正直にそう言ったら『ふざけるんじゃないよ』って叫んで、碁盤越しに身を乗り出して、いきなり包丁を……」

その時奥の座敷の方から松吉が飛び込んで来た。惣左衛門は鋭い声で、

「おもんを見かけたか」

「いえ、こちらには来ませんでした」

この家は平屋で、土間、板の間、座敷の三つの部屋が縦に連なる間取りになっている。襖《ふすま》が開け放たれているので全体を一目で見通すことができたが、屋内におもんの姿は見当たらない。しかし、正面の入り口は惣左衛門、背戸は松吉が見張っていた。板の間と座敷には縁側が付いており、そこから庭を横切って隣の寺の境内に逃げ込むことは可能だが、庭一面に降り積もった雪の上には先ほどの猫が付けた足跡だけしか残っていない。その他に出入り口はないのだから、おもんが屋外に逃げられたはずはなかった。

(とすれば――)

おもんはまだこの家のどこかに潜んでいるはずだ。だが、どこかと言っても考えられる所は一つしかない。惣左衛門は、座敷の隣にある納戸と思しき戸を注視した。鯉口を切りながら、惣左衛門は静かに摺《す》り足で歩を進めた。

ざっと見渡した限り、どの部屋にも凶器の包丁は落ちていない。おそらくおもんが持ち去ったのだろう。窮鼠《きゅうそ》猫を嚙むの譬《たと》えもある。いきなりおもんが飛び出して来るのを警戒しつつ、惣左衛門は勢いよく戸を開け放った。

——そこにおもんの姿はなかった。以前の住人が使っていたらしい鍬《くわ》や蓑《みの》がいくつか床に転がっている以外は、まったくのがらんどうであった。

「そんな馬鹿な」

呆然と惣左衛門は呟いた。おもんは袋の鼠だったはずで、どこにも逃げられたわけがないのだ。

「げほっ」

その時、巳之助が咳き込むと同時に大量の血を吐き、やがてぴくりとも動かなくなった。

断末魔の苦しみは小さくないはずなのに、なぜか巳之助の片頰には微笑が浮かんでいた。

＊　＊　＊

わずか三間しかない平屋であるから、おもんが隠れおおせる場所などあろうはずもない。それでも惣左衛門は、屋根裏に至るまで家中を蚤取り眼《のみとりまなこ》で探した。無論おもんの姿はどこにもなく、よもや床下から逃げたのではないかと考えて畳を剝《は》がしまでしたが、そんな形跡など一切見つからなかった。

惣左衛門は庭の雪面も、目を凝らして今一度丹念に調べてみた。先ほどは焦っていたため見落としがあったのかもしれないと思ったからだ。しかし、やはり猫の足跡以外には何の痕跡も認められなかった。隣の寺との境には築地塀《ついじべい》が設けられていたが、端の隅の方に小さな穴が開いていていて、猫の足跡はその穴の中に消えていた。

こうなると、おもんが跡形もなく姿を消し得た手立ては一つしか考えられない。松吉がおもんに手を貸したのである。松吉はおもんを見逃してやったにもかかわらず、誰も通らなかったと偽りを述べているわけだ。だが惣左衛門は、

(馬鹿げている)

と、すぐに首を横に振った。松吉は惣左衛門に長年忠実に仕え、右腕と言ってもよい存在である。間違っても惣左衛門を裏切るわけがない。そもそも松吉は巳之助一味の詮議には関わっていなかったから、おもんとは今日が初対面である。おもんに助力せねばならぬ理由など毫《ごう》もあろうはずがないのだ。

おもん消失の謎にかかずらっているばかりでは、何も先に進みそうにない。惣左衛門はやむなくこれをいったん棚上げにして、巳之助の死体や逃走経路以外の室内の様子を検分することにした。松吉には地元の自身番への通報と家屋周辺の捜索を命じた。

惣左衛門は巳之助の傍らに屈みこみ、血に濡れた真田帯を解いた。傷口は一か所だけ、鳩尾《みぞおち》の下部についている。包丁で刺されたと巳之助は言っていたが、小ぶりの包丁だったためか、傷口はそれほど大きくない。

巳之助は病に侵されていたらしいという向かいの老人の話どおり、筋肉が落ちてやせ細り、肋骨が浮いて見えるほどだった。五臓六腑のいずれかが駄目になっていたのだろう、全身の皮膚が染めたように黄色くなっている。

凶器の包丁をおもんが持ち歩いていたとは考えにくいから、おそらくこの家にあったものだろう。そう考えて流しを調べてみると、さすがに元板前というだけあって出刃や菜切りなど幾種類もの包丁がきれいに研がれて揃っている。犯行にはここにあったものの一本が使われたのだろう。

先ほど煙出しから黒煙が上っていたが、竈にはまだ暖かい灰が多く残されている。

(何だろう、この臭いは)

先ほどから気になっていたのだが、屋内全体にいやに薬臭い香りが漂っている。臭いの元はこの竈ではない。惣左衛門は板の間に上がり、囲炉裏《いろり》に吊るされた土瓶の蓋を開けてみた。

(これか)

中には黄色い液体がなみなみと入っている。どうやら薬湯のようで、一際強い臭いが鼻を突いた。

板の間の隣の座敷には、万年床と思しき薄い煎餅蒲団が敷かれている。病人特有の饐《す》えたような臭いを放ち、枕元には散薬を包んでいた白い紙が何枚か散らばっていた。どうやら巳之助の病状は思いの外重篤だったようで、それゆえ咄嗟《とっさ》には抵抗できずに、あっさりとおもんの手に掛かってしまったのだろう。

それにしても物が少ないな、と惣左衛門は首を傾げた。あまりに質素すぎる住まいである。家具調度の類は板の間に簞笥《たんす》と長持が一つずつあるくらいで、それも中身はほとんど空だった。巳之助がここで実際に暮らしていたことに違いはなかろうが、妙に生活感が薄い印象を受けた。最近越してきて、ただ臥せってばかりいたからだろうか。

板の間に戻った惣左衛門は、永遠に対局が中断されることとなった碁盤を眺めた。おもんが逆転されたという話だったから、巳之助が黒番、おもんが白番だったようだ。黒の十の九が絶妙な一手である。上辺の模様を拡大すると同時に右辺の白の厚みを消し、また下辺の黒四子を助けつつ左辺への打ち込みを狙う一石四鳥の手だ。

（しかし、この一局は）

どこかで見覚えがある。もしやこれは――

「旦那様！」

その時、松吉が息を切らして駆け戻って来た。

「包丁が見つかりました」

松吉は刃と柄の先端を摘まむようにして包丁を手にしている。

「隣の寺の境内に落ちていました」

包丁を見つけたのは、雪かきを言いつけられた寺の小僧だった。本堂と庫裏《くり》との間の通路に落ちていたのだという。すべての寺社は寺社奉行の管轄であり、本来であれば町方には寺に対する探索の権限がない。しかし、失せ物でも探すようにこの家の周囲や庭を行ったり来たりする松吉の姿を目に留めた小僧の方から、

「お探しのものはこれですか」

と差し出してきたので、これ幸いと受け取ってきたのだという。

惣左衛門は松吉に持たせたまま包丁の検分をした。刃渡り三寸五分の小ぶりの出刃包丁で、巳之助の傷口の小ささから考えるとこの包丁が凶器で間違いないだろう。だが、包丁にはすこぶる奇妙な点があった。刃はもちろん、柄の先に至るまで全体が墨で黒く塗られているのだ。

「受け取った時からこうだったのか」

「はい、小僧に渡されるとそのまますぐにお持ちしました」

「包丁に墨を塗ると切れ味が良くなるとか、食材の味が損なわれないとか、何か利点があるのか」

惣左衛門は台所に立ったことなど生涯で一度もないから、料理についてはまるで不案内である。

「さあ、おそらくそのようなことはないかと……」

色が重なっているため見えづらいが、多量の血が墨の上に付着しているようだ。血は当然巳之助のものだろう。となれば、おもんや寺の小僧が墨を塗ったわけではなく、包丁が犯行に用

いられた時には墨は既に塗られていたことになる。持ち主の巳之助がしたことに違いないが、一体何のためだろう。惣左衛門は長い鼻を撫で回しながら考え込んだ。

（はて、何とも面妖な――）

だが惣左衛門の思索は、不意に庭の方から聞こえてきた猫の鳴き声によって中断を余儀なくされた。何かを訴えるような弱々しい声色で、そちらに目を向けると体長が二尺ほどもある大柄な黒猫がいた。先ほどこの家から飛び出していった猫が戻ってきたのだ。怪我を負っているらしく、右の前足を引きずるようにしてゆっくりと歩いており、雪面には血の跡が点々と残っている。

「おいおい、どうしたんだ」

猫好きの松吉が急いで猫に駆け寄ろうとした。すると猫は怯《おび》えたような鳴き声を上げると不意に向きを変えて、築地塀の穴を通って隣の寺の方にあっという間に走り去ってしまった。猫が去った後には赤い首輪が落ちていた。

「緩んでいたから落ちちまったのかな」

松吉が首輪を拾いあげながらそう言った時、遠く上野から夕七つ（午後四時頃）の鐘がかすかに聞こえてきた。未だ五里霧中の状況ではあるが、一件の顚末について今日のうちにとりあえずの報告をしなければならない。駒込富士前町の自身番の連中がやって来て巳之助の死体を運び出して行ったのを機に、やむなく引き上げることにした。

（おもんはいったいどこに消えたのだ）

北町奉行所へは一里半もの道のりである。路上には雪がほとんど溶けずに残り、惣左衛門の足取りは限りなく重かった。

＊＊＊

詰所の襖に手を掛けた時、惣左衛門は中から漏れてきた話し声の中に自分の名を聞き取った。話の中身がいかなるものかは容易に見当がつく。その場に立ったまま、惣左衛門はしばし耳を澄ませた。

「……が、謎でも何でもあるまい。単にぼんやりしていて、おもんの姿を見逃してしまっただけであろう。何しろもうあのお年だからな」

「『八丁堀の鷹』も寄る年波には勝てぬということか」

「長時間の張り込みにはもう体が持たず、日のあるうちから白河夜船《しらかわよふね》だったのであろう」

「そうに違いあるまい。隠居目前ともなれば勤めに身が入らぬのも無理はないが」

「隠居所を買う予定という話だから、その算段で気もそぞろなわけだな」

惣左衛門はいきなり襖を勢いよく開け放った。かまびすしかった詰所の中が、たちどころに静粛となる。室内には七、八人の同心がいたが、途端に忙し気に筆を動かし始めたり、文机《ふづくえ》に積まれた書付にさも興味ありげに目を通し始める。惣左衛門は素知らぬ顔をして自席に着座したが、

（まったく度し難い連中だ）

と、腸《はらわた》が煮えくり返るような思いであった。居眠りをしていたせいでおもんを取り逃がしたなどとは、邪推以外の何物でもない。ましてや、隠居と結びつけて云々するとはおよそ根も葉もない下衆《げす》の勘繰りもいいところだ。

だが、とそこで惣左衛門は努めて頭を冷やそうとした。あれ以来十日が経っているが、おもんの行方は杳《よう》として知れない。毎日のように駒込富士前町に足を運んでいるものの新たな発見は皆目なく、吟味が一向に進展していないのも事実だ。

その点では咎《とが》められても仕方がないし、惣左衛門の失策が原因ではないかという臆測が出るのもある意味当然と言えば当然ではある。要は、おもんがいかなる仕掛けを用いたかを解明すればよいのだ。そうすれば、口さがない連中の陰口を即座に賞賛へと転ずることができる。

けれども、詮議はまったくの手詰まりに陥っていた。唯一残された手蔓《てづる》と期待を掛けたのが千鳥屋でおもんと会っていた男であったが、これも当てが外れていた。見張りにつけていた藤八によれば、男はいつの間にか千鳥屋から姿を晦ましてしまったというのである。

「女を連れずに一人で出てきた男は金輪際いませんでした。目を皿のようにして見張っていましたから、間違いありません」

藤八は、自信ありげな口振りでそう断言した。

（また消え失せたのか）

惣左衛門はうんざりして眉を顰《ひそ》めた。しかしすぐに、これに関しては少しも不可思議なところはないと考え直した。藤八は小者を務め始めてまだ日が浅い。余所見《よそみ》でもした隙を突かれて、男が逃げ出すところを見落としてしまっただけだろう。

惣左衛門は一心不乱に思案を続けて、それまでの探索の結果を再検討しようと試みた。しかし、このところ胸の調子が優れないせいか、頭の働きの方もとみに鈍っている。それともこれが「寄る年波」というものなのだろうか。

こんな有様で、牡丹《ぼたん》のことが知られようものなら朋輩らから何を言われるか分かったものではない。色惚けで心ここにあらずだったのだと決めつけられるのは必定《ひつじょう》だろう。

牡丹は吉原《よしわら》で花魁《おいらん》を務めている。あと一年ほどで年季が明けるのだが、惣左衛門は隠居後に牡丹を後添えに迎える心積もりでいるのだ。このことは家族を含めて、まだ誰にも明かしていない。

牡丹と再会したのは一年と少し前、牡丹の勤める丸屋《まるや》という妓楼《ぎろう》で起きた亡八《ほうはち》殺しが契機である。下手人の策略によりその容疑が惣左衛門に掛けられたのだが、牡丹の機知によりあやうく難を逃れられたのだった。

そうだ、牡丹に相談してみてはどうだろう。ふと惣左衛門の心に良案が思い浮かんだ。牡丹なら何か解決の糸口を見つけてくれるかもしれない。

飛ぶようにして帰宅した惣左衛門は、牡丹に文を認《したた》めるべく夕餉《ゆうげ》を早々に済ませて文机に座した。いざ筆を手にした後で、さて一件の詳細をどこまで書き記してよいものだろうかと思い悩んだ。だが迷ったのも束の間のことで、すぐに全容を明かしても構わぬだろうと結論した。

牡丹は口が固く、秘事をぺらぺらと口外するような真似は決してしないし、第一書かなければ牡丹も推理の仕様がないだろう。

三日後、牡丹からの返事が届いた。早速期待に胸を躍らせながら文を開いたが、書かれていたのはわずか一行だけだった。

《盤上に残されていたのは耳赤《みみあか》の一局にあらずや》

耳赤の一局? ああ、そうか。ようやく惣左衛門は納得が行った。見覚えがあるような気がしたのは、そのせいだったのか。

耳赤の一局とは弘化三年に本因坊秀策《ほんいんぼうしゅうさく》が井上幻庵《いのうえげんあん》と行った対局のことで、その対局において秀策が打った百二十七手目が耳赤の一手と呼ばれている。勝負は中盤まで幻庵優勢で進んだが、秀策が一石四鳥を狙った渾身の妙手を放った。形勢は一気に逆転し、この一手を打たれた時動揺して自信を失った幻庵の耳が赤くなったことがその名の由来である。秀策の気力と天分が凝縮した究極の一手として、今日まで長く語り継がれている。

しかし、それではひどく奇妙なことになってしまう。惣左衛門は眉根を寄せた。何の制約もなく自由に囲碁を打って、それが偶然に一手も違わず秀策と幻庵の対局と一致することなどあり得ない。であれば、巳之助は棋書でも見ながら一人で棋譜並べをしていたとしか考えられないのだが、対局中に逆転されて激昂したおもんが突然襲ってきたと巳之助は語っていたではないか。まるきり辻褄が合わない。

くそ、こんな益体もない謎かけのような返事を寄越しおって。糸口は教えてやるが、後は自分の頭で考えてみろとでも言いたいのか、小癪《こしゃく》な奴め。

その日は非番だった惣左衛門は終日頭を絞り続け、

（そうか、そういうことか）

ようやく牡丹の示唆するところを理解した時には、既に日が沈もうとしていた。

（だが、だとすると巳之助の死は――おもんが消え失せたように見えたのは――）

くそ、してやられた。やっとのことで真相に思い至った惣左衛門は、歯噛みしながら地団太を踏んだ。

＊＊＊

「遊女に文をお書きになられたのですか」

徳右衛門が物怪顔《もっけがお》をしながら尋ねてきた。

「あ、いや、その」

口を滑らせ過ぎたことに気づき、惣左衛門は狼狽した。やはりこの一件は他人に喋るべきではなかったか。

「事件について相談なさるとは、その花魁はいったい……？」

「さて、何と申したらよいのか――その遊女とは色々と曰くがあって、幾度か文のやり取りをしたことがあるだけだ。無論一件の詳細など一言も漏らしはしておらぬ」

惣左衛門のいかにも苦しい言い訳に徳右衛門はなおも釈然としない色を見せていたが、

「それにしても——」

腕組みをしながら徳右衛門は溜息をついた。

「難問です。私などではまるで歯が立ちません。お答えを頂戴したいと存じます。巳之助を殺した後、おもんはいかにしてその家から逃げ出したのですか」

「いや、それが分かってみれば単純な話でな」

照れ笑いを浮かべた惣左衛門は一つ咳払いをしてから、

「おもんは逃げ出してなどおらなかったのだ」

「ということは、やはり家のどこかに隠れていたのですか」

「いや、それも違う。そもそもおもんはあの家に足を踏み入れていなかったのだ」

「……?」

徳右衛門は狐につままれたような顔をした。

「わしがおもんと思って尾行していた人物はおもんではなく、実は巳之助だったのだ」

千鳥屋でおもんと一緒にいた男は巳之助であった。千鳥屋から出る時巳之助はおもんが着用していた黄八丈を纏《まと》った。さらには顔に化粧を施し、頭にはかつらをかぶっておもんに扮したのだ。

「元々巳之助は華奢な体つきで、病のためさらに痩せ細っていた。だから巳之助はいささか上背があったものの、おもんの黄八丈を身に付けるのに何の障りもなかった。

おもんは千鳥屋を見張っているわしらに黄八丈を着ている姿をわざと見せつけた。黄八丈を身に纏って千鳥屋を出た人物はおもんに決まっていると思い込ませるためにな。尾行する際には当然のこと後ろ姿しか見ておらぬから、恥ずかしながら巳之助の計略にまんまと引っかかってしまったわけだ」

駒込に向かう途中驚いた様子でおもん（を演じていた巳之助）を振り返る男が幾人かいたのは、女装をしている男と気づいたからだったのだ。

「もう一つ言い訳をするなら、猿若町の陰間上がりの巳之助にとって、女性らしい歩き方や立ち居振舞いはお手の物だったからな」

黄八丈を着ていたのもそもそも意図してのことだった。惣左衛門らに見失われては逆に困るので、日が薄暗くなっても目立つ黄色を選び、あえて尾行させやすくしたのだ。

「するとおもんは現場の家には足を踏み入れず、そこにいたのは初めから終わりまでずっと巳之助一人だけだったのですね。とすれば、言うまでもなく巳之助はおもんに殺されたわけではなかったことになります」

「ああ、あれは巳之助の自死だ。すべては巳之助の自作自演だったのだ。巳之助の目論見は実に綿密なものだった。

まず、おもんに扮してわしを誘導しつつ駒込富士町の家に到着した巳之助は、竈に火を熾した」

「竈？　ああ、煙出しから煙が上がったと仰っていましたね」

「おもんに茶を入れるためかと思ったのだが、わしのとんだ早合点だった。それだけのためなら囲炉裏や長火鉢で用が足りるのに、病で体力の落ちている巳之助がわざわざ火吹き竹を使って火を熾すような面倒な真似をするはずがない。同じ理由で、雪が積もっていて寒かったから暖をとろうとしたわけでもないことは明らかだ。

竈にはまだ暖かい灰が多く残っていた。巳之助は薪や炭以外のもの、それも相当に嵩があるものを燃やすために火を熾したのだ」

「そうか、それまで着ていた黄八丈でございますね」

「そのとおりだ。家に戻って来た巳之助は自分のものに着替えたが、犯行後におもんが逃げ去ったと見せかけるためには、黄八丈を脱ぎ捨てたままにしておくわけにはいかぬ。あの家の中には決して存在してはならないものなのだからな。どこかに巧妙に隠しても、町奉行所の探索によっていずれ見つけられてしまうことだろう。そこで、いっそのこと火にくべて灰にしてしまったというわけだ」

「なるほど」

「ただし丸々一着を燃やしたとなれば、臭いから布を焼いたのだと気づかれてしまう恐れがある。そこで薬湯の香りを室内に充満させて、黄八丈を燃やした臭いを誤魔化そうとしたのだ。それから巳之助は用意してあった碁盤を取り出し、盤上に石を並べた」

「例の耳赤の一局でございますね」

「そうだ。巳之助の一人芝居であると悟られないための工夫だった。対局中であったのなら、間違いなくおもんはそこにいたことになるからな。だが巳之助は自分で言っていたとおり、囲碁についてはまるきり経験も知識もなかった。そこで棋書を見て適当に選んだ棋譜を並べたのだが、それがたまさか耳赤の一局だったわけだ。

おもんが対局中にいきなり碁盤越しに刺してきたと巳之助は語っていたが、碁盤を挟んでさような格闘をしたのであれば、盤上の石がそのまま整然と残されていることはあり得まい。当然のこと、落ちたり弾き飛ばされたりしていたはずだ。この程度の小刀細工も見抜けぬとは、いやはや迂闊《うかつ》だったわい」

惣左衛門の説明に感心した表情で徳右衛門は頷いていたが、急に手を上げて、

「ですが、お待ちください。包丁はどうしたのですか。自死であれば、凶器の包丁は近くになければならなかったはずです。自分を刺した後にいくら力一杯遠くに投げても、さすがに隣の寺の庭までは届かないでしょう」

「そこであの黒猫の出番となるわけだ」

「猫？　ああ、巳之助の悲鳴の後に猫が庭に飛び出して行ったのでしたね。その猫が何の関わりがあると仰るのですか」

「『やめろ、おもん！　何しやがる』『うぎゃっ！』。

いかにもその場におもんがいるかのように演技して叫んだ後、巳之助は自分の腹に包丁を突き立てた。そしてその包丁を引き抜くと、猫の背に載せた。それから猫を殴りつけて、部屋の中から追い立てたのだ」

「包丁は猫によって運び出されたのですか！」

「ああ。おそらくこの仕掛けに使うためだけに飼っていたのだろう。猫はだいぶ大柄だったから、小ぶりな包丁は猫の背の上に収まった。わしは猫が逃げ出す場面を目撃してはいたが、一瞬のことだったので包丁のことには気づかなかったのだ」

「実に手が込んでいますが、猫が走ったら包丁はすぐに背から落ちてしまうのではありませんか」

「それゆえ巳之助は包丁の柄を首輪に挟んでおいた。ただし首輪をきつく締め過ぎると、今度はいつまでも背に包丁が載ったままになる。その状態で見つかればいかなる詭計《きけい》を弄したのか一目で見抜かれてしまうので、首輪を適度に緩めたのだろう。

そのため、驚いた猫が築地塀の穴を通って隣の寺の境内まで達した時に包丁が落ちたのだ。もっとも、包丁が抜けると今度は首輪が緩くなりすぎて、首から取れてしまったようだが」

「包丁に墨が塗られていたのは、そのからくりのためだったのですね」

「ああ、あの猫と同じ黒色だからな。そうしておけば包丁がまだ背に載っている時に目撃されたとしても、近くで注視されない限りは気づかれないだろう」

「すると、猫の前足に傷があったのは」

「包丁が背に載っているのが気持ち悪かったのか、自分で外そうとしたのだろう。その時包丁の刃に触れてしまい、右前足を傷つけてしまったのだ。巳之助に殴られたうえに怪我までさせられて、あの猫は人に対して余程に怯え警戒している様子であったな」

「いや、何たる慧眼《けいがん》、まったくもって感服いたしました」

徳右衛門は大げさに感嘆の声を上げてから、

「それにしても巳之助は、それにおもんも当然一枚噛んでいたはずですが、なぜこんな真似をしたのでしょう」

「わしに対する意趣を晴らすためだ。おもんは島流しにあったのはわしのせいだと逆恨みしていた。島抜けして江戸に戻って来たおもんは、わしが隠居を考えているという噂を耳にした。名声を保ったまま隠居などされてたまるものか、引退する前に一泡吹かせて戸田惣左衛門の晩節を汚してやろうと、復讐心に凝り固まったおもんは企んだのだ」

「なるほど、監視している最中に下手人に逃げられたとなればとんだ大失態。いつの間にか消え失せてしまっていたのだなどと主張しても言い訳と決めつけられるだけで、単に見落としたに過ぎぬと非難を浴びるのは必定というわけですね。するとおもんが巳之助に話を持ちかけて、巳之助がそれに乗ったのですか」

「ああ、巳之助もおもんと同じくわしに対して深い恨みを抱いていた。加えて、重い病のために己の寿命が尽きかけていることが分かっていた。そこで、どうせならわしを御強《おこわ》に掛けるために自分の命を使ってやろうと考えたのだ」

「では、その日の朝奉行所に投げ入れられた文は巳之助が自分で書いたのですね」

「その通りだ。前日から降り続いていた雪が明け方に降り止んだので、巳之助はその日に実行することを決意し、急遽《きゆうきよ》町奉行所に投げ文をした。此度の目論見には雪が庭に降り積もり、遂行当日には雪が止んでいることが絶対の条件だった。雪が降り続いていては、おもんの足跡がないのは雪に埋もれてしまっただけだと判断され、謎にはならなくなってしまうからな」

「駒込富士前町の家に最近越してきたというのも、この企みの一環だったのですか」

「ああ、必要な条件を満たす家にわざわざ移ったのだ。まず江戸市中の長屋ではそもそも遂行不可能な計画だから、舞台は郊外の一軒家でなければならない。そして、出口の数が多すぎても塩梅《あんばい》が悪い。わしの配下が少人数のため見張りを配置できなかった出口があった場合、そこからおもんは逃げただけだと見なされてしまうからだ。さらには、雪上の猫の足跡を印象づけるためにはある程度の大きさを持つ庭も必要だった」

「そうした巳之助の要求を叶えていたのが現場の家だったのですね」

「室内がいやにがらんとしていたのは移ったばかりということもあったが、どうせもうすぐそこで死ぬのだからあれこれ調度品を揃えたところで詮ないことだと巳之助は考えたのだろうよ」

そこで惣左衛門は苦笑いを浮かべた。

「こうしてわしはまんまと巳之助の張った罠に嵌《はま》ってしまったわけだ。わしが悲鳴を聞いて飛び込んでいった時、巳之助は『しめた、たわけめ』と内心さぞ悦に入ったことだろう。ただし、いささか演技が過ぎていたな。わしが巳之助の傍らに屈みこんだ時、目を閉じたままなのに『戸田の旦那ですか』と誰が来たのか直ちに言い当ておった。わしが来ることが予《あらかじ》め分かっていたのでなければ、口にできる台詞《せりふ》ではない」

「そうなると、藤八が見張っていた千鳥屋から男が消えたというのも——」

「奇怪なことは何もない。千鳥屋に残ったのはおもんの方だった。もう一枚別の色、おそらくはもっと地味で目立たぬ色の小袖を予め用意してあったのだろう。おもんはその着物に着替えて悠々と千鳥屋を後にしたのだが、藤八は見張りの対象を男と思い込んでいたから、見逃してしまったのも致し方のないことだった」

「おもんのその後の足取りは摑めたのですか」

「なかなかに苦労したが、十日ほど後に一緒に島抜けした男たちとともに千駄ヶ谷《せんだがや》の水車小屋に潜んでいるところを捕えた。わしを陥れるために巳之助と共謀したと、あっさり白状したよ」

「そうであるならば」

徳右衛門は合点のいかない表情で、

「先ほどこの一件が隠居なさるきっかけになったと仰いましたが、見事に解決なさったわけですから、責任をお取りになる必要などなかったのではないですか」

「いやいや、詰め腹を切らされたというわけではない。かほどまでにやすやすと悪人の手玉にとられるような老いぼれはもはや身を引くしかあるまいと自ら決断して、息子に家督を譲ることにしたのだ。それに、何より胸の病の具合も芳しくなかったからな」

牡丹を後妻に迎える下準備で多忙になったからというもう一つの理由については、惣左衛門は口を噤《つぐ》んでおいた。

その時、夕七つ（午後四時頃）の鐘が浅草寺から響いてきた。

「おや、もうこんな時刻ですか。すっかりお引止めしてしまい、申し訳ございませんでした」

やにわに立ち上がりながら、徳右衛門がそう言った。まるで惣左衛門を追い立てるような口振りである。早く帰ってほしい理由でも何かあるのだろうかと惣左衛門は訝ったが、これ以上ここに留まる理由も特段ない。

「すまんな」

帰り際、徳右衛門から手土産にと鈴木越後《えちご》の菓子折りを渡された惣左衛門はそう礼を述べると、生駒屋の寮を辞した。

門を出てすぐの所で、惣左衛門は一人の見目好い少女とすれ違った。

（おや）

思わず惣左衛門は振り返った。その少女の顔に見覚えがあったのである。あれは確か――

「おみき殿！」

急いで振り返った顔にはいたく当惑した表情が浮かんでおり、警戒するような眼差しで惣左衛門を見つめてきた。驚かせてしまったかと少し慌てながら、

「おみき殿であろう、徳右衛門殿の孫の。わしは元北町奉行所同心の戸田惣左衛門だ。覚えておられるかな」

惣左衛門が尋ねると、

「いえ、ゆ――」

と言いさしてから口元を緩ませ、

「はい、みきでございます。戸田様、お久しゅうございます」

「今日はいかがなされた。徳右衛門殿のもとに遊びに来られたのかな」

「ええ、こちらには時折顔を見せに参っております」

「美しくなられたの。末はいかほどの美姫になるかと幼い頃から評判だったが」

「まあ、お上手ですこと」

年はまだ十二か十三くらいのはずだが、そうとは思えぬほど大人びて嫣然《えんぜん》とした笑みが返ってきた。

「祖父が首を長くして私の帰りを待ちわびているかと存じますので、これで失礼いたします」

生駒屋の寮に入っていく後ろ姿を見送ると、惣左衛門は新居に向けて道を急いだ。掃除やら調度品の整理やら、お糸を迎える前に済ませておかねばならぬことが山ほどある。

「巳之助ではないが、わしも猫の手を借りなければならんかな」

そう呟いてから、惣左衛門は自分が口にした冗談に笑い声を上げた。その顔はいかにも好々《こうこう》爺然《やぜん》としており、『八丁堀の鷹』と呼ばれた面影はどこにもなかった。

出養生

「はて、こちらでよいものか……いや、あっちか」

戸田惣左衛門は途方に暮れて、辺りをきょろきょろと見回した。

似たような構えの仕舞屋《しもたや》が並んでいるので、目当ての家がなかなか見つからない。正月二日とあって誰もが自宅で寛《くつろ》いで外出しようとは思わないのか、人通りがまるでないため道を尋ねることもできなかった。

そうこうするうちに雪がちらちらと舞ってきて、見る間に勢いを増した。参ったな、と惣左衛門は灰色の空を見上げながら嘆息《たんそく》した。

〈まずは地蔵堂を目印にせよとのことだったが……〉

日光《にっこう》道中を良源院《りょうげんいん》の角で曲がり、一町ほど行くと大きな地蔵堂が見えてくる。そこの丁字路を左に折れ、三十間も進めば桜屋《さくらや》の寮だ。一際大きな門松が飾ってあるからすぐに見つかるだろうと文には書いてあったのだが、最前から行ったり来たりの繰り返しで、一向にたどり着くことができない。

だがその時、

〈とんとんとうがらし　ひりりとからいハさんしょのこ〉

という男の売り声が前方から聞こえてきた。唐辛子売りが行商に歩いているらしい。

江戸では年中、食品を始めとして多様な商品を扱う振売《ふりう》りが町中を往来している。振売りは特段の技術や資金が不要で容易に開業することができるため、社会の下層にいる貧困者が就く職業だった。

唐辛子売りもそんな振売りの一つである。唐辛子の色に合わせて全身が真っ赤な衣装に身を包み、人の身長ほどもあろうかという長さ五尺余りの巨大な張り子の唐辛子を背負って売り歩くのだ。

通りすがりの唐辛子売りではこの辺の地理には不案内かもしれないが、一応道を訊いてみるかと惣左衛門はそちらに向かって歩き出した。すると運の良いことに、ほどなくそれらしき地蔵堂の屋根が左手に見えてきた。

やれやれと安堵の吐息をもらしながら惣左衛門は足を速めたが、丁字路を左に折れたところで、

（おや？）

と、思わず首を傾げざるを得ない光景に出くわした。

十間ほど前を二人連れの武士が歩いていたのだが、とある家の門前で足を止めた。ところが門を潜ろうとはせず、中の様子を窺うようについと門柱に身を寄せたのだ。

惣左衛門が近づいていくと、二人が総身からただならぬ気配を発しているのが感じられた。邸内を監視もしくは誰かを待ち伏せている様子である。何とも胡乱《うろん》極まりなく、誰何《すいか》して然《しか》るべき場面だった。

だが、物左衛門は無言のまま二人の脇を静かに通り過ぎた。惣左衛門には何らできることがなかったからだ。既に隠居の身だからというだけでなく、相手が町人ではないからである。武士に対する監察は目付の職掌《しょくしょう》であり、町方同心は武士を詮議する権限を欠片《かけら》も持っていない。

加うるに、着用している羽織袴から二人が相当の高禄《こうろく》であると一目で見て取れる。とりわけ一人は山岡頭巾《やまおかずきん》までかぶっており、どこかの殿様の微行《びこう》といった様子である。見て見ぬふりをするより他ない。

惣左衛門の目的の家はそのすぐ隣にあり、おとないを入れると色の浅黒い年若の下女が出てきた。下女に案内されて居間に入っていった時、お糸は書初めをしていた。墨痕鮮《ぼっこんあざ》やかに『迎春』と書いている途中だった。

（大したものだな）

胸奥《きょうおう》で惣左衛門は感嘆した。書道のみならず、華道、茶道、囲碁将棋と何でもござれだ。お糸は職業柄あらゆる芸や教養を身に付けている。

惣左衛門が入って来た気配に気づいたのだろう、お糸が顔を上げて振り返った。床の間に置かれた花瓶には寒牡丹《かんぼたん》が生けられていたが、惣左衛門の姿を見たお糸は寒牡丹に負けぬほど艶やかな笑顔を見せた。

「謹《つつし》んで御慶申し入れます」

「謹んで御慶申し入れます」

まずは型通りの新年の挨拶を交わした後、

「その後具合はどうだ」

と、惣左衛門はお糸に尋ねた。

「はい、おかげ様で痛みはほとんどなくなりました。外出はまだ無理ですが、家の中なら何とか」

今二人が向かい合っているのは、下谷《したや》にある桜屋の寮である。お糸は源氏名を牡丹と言い、吉原《よしわら》の大籬《おおまがき》の桜屋でお職《しょく》を張る花魁《おいらん》だ。

「元々わざわざ出養生《でようじょう》しなければならないことはなかったのですが」

遊女が病気になって妓楼《ぎろう》での勤めが難しくなった時、廓外《かくがい》にあるその見世《みせ》の寮に移って療養する場合があり、これを出養生といった。お糸がなぜ出養生に来ているかと言うと、二月前割合に大きな地震があった時お糸は階段を下りている途中だったのだが、取り乱した客に背を押されて転倒し、右足の脛《すね》の骨にひびが入ってしまったのだ。

出養生をするのは、遊女の職業病とも言える梅毒に罹患《りかん》した場合が多い。骨折であれば妓楼にいても治療は可能なのだから、本来なら出養生の必要などないのだが、これには新しい楼主の常右衛門《つねえもん》の意向が大いに働いていた。

前楼主の富蔵《とみぞう》は妻のお千《せん》に殺害された。その際惣左衛門はお千の奸計によって富蔵殺害の下手人にされかけたのだが、その窮地をお糸によって救われたのだ。この一件を機に二人は赤縄《せきじょう》の契りを結んだ。

妓楼は常右衛門に買い取られ、名を丸屋《まるや》から桜屋と改めた。常右衛門は遊女たちもそっくり入れ替えようと目論んでいるようで、出養生を口実にしてお糸を桜屋から遠ざけたのだ。前楼主時代の名残りは綺麗さっぱり拭い去ってしまいたいのだろう。

「だが、おかげで悠々自適の毎日だな」

遊女が寮で療養する場合、その間の掛かりは自腹を切らなければならぬと決められている。しかしお糸を寮に追いやったことを後ろめたく思ったのか、今回は常右衛門が全額を負担していた。おかげでお糸は何の憂いもなく心安く治療に専念できたのである。

「今しばらくここに残りたくなってしまったのではないか」

そう惣左衛門が軽口をたたくと、

「お戯《たわむ》れを」

と、お糸は頬を膨らませた。

「年が明けるのを一日千秋の思いで待ち続けておりました」

お糸は今年で二十八歳になった。年季が明け、晴れて自由の身となったのだ。

「一日も早く旦那様のお側へ参りたいと焦がれておりますのに」

お糸の年季が明けた暁には輿《こし》入れとうに決めており、そのための新居も橋場《はしば》に既に用意してある。しかし、武家の正月はこなさなければならぬ行事が目白押しで、隠居の身であっても身動きがなかなか取れない。お糸の嫁入りはどれほど早くとも人日《じんじつ》（一月七日）過ぎになる見込みだった。

「ああ、いや、その」

お糸が珍しく口を尖らせて拗《す》ねた表情になったので、狼狽した惣左衛門は、

「ところで、先ほど隣の仕舞屋で妙なものを見たぞ」

と、強引に話柄《わへい》を変えた。今二人が座っている居間からは、両家の庭をはさんで件《くだん》の隣家が見える。雪は一時だいぶ強く降っていたが今はもうすっかり止み、庭に降り積もった雪が白く輝いていた。

「門前に武士が二人立っておるのだが、これが何とも不穏な気配であった」

「ああ、あのお二人ですか」

お糸は臍《へそ》を曲げたふりをして見せただけだったらしく、すぐに表情を元に戻して、

「幾日も前からああしていらっしゃるようですね。おそらく浮舟《うきふね》さんを見張っているのでは」

「浮舟？」

「はい。お隣は錦屋《にしきや》さんの寮で、浮舟さんは錦屋でお職を務めておられます。暇を持て余しているからと仰《おつしや》ってこちらにお見えになったことがあり、一刻ほど四方山《よもやま》の話をあれこれいたしました」

錦屋は桜屋と同様、吉原で最高級の格式を誇る大籬の妓楼である。

「お武家様は、お旗本の加藤豊後守《かとうぶんごのかみ》様のご嫡男篤之丞《あつのじよう》様とその家臣、確か平沢《ひらさわ》様と仰る方です」

「加藤豊後守様のご嫡男か。どこかでお名前を耳にしたような……もしや去年の品川《しながわ》の一件

か？」

「はい、潮干狩りで悶着を起こされた、あの御仁です」

三月三日前後の数日は大潮に当たるため潮干狩りに最適とされ、江戸では品川や深川《ふかがわ》へ人々が大挙して押しかけた。早朝から舟に乗り沖に出て潮が引くのを待ち、昼に海底が陸地になったところで降り立ち潮干狩りに興じるのである。

　昨年の三月六日、篤之丞一行が品川を訪れた。ところがいかなる手違いか、予約しておいたはずの舟が既に出帆してしまっている。篤之丞らはたまたま居合わせた白金猿町《しろかねさるまち》の裏長屋の面面に舟を譲るよう申し入れた。

　翌日になると潮干狩りの最適期が過ぎてしまうからだが、それは誰にとっても同じ話である。おまけに申し入れと言ってもその口吻《こうふん》がひどく居《い》丈高《たけだか》だったので、腹を立てた冷や水売りの玄《げん》八《ぱち》が啖呵を切って、

「加藤様だか火盗様だか知らねえが、お断りしやす」

　するとその返答に激昂した篤之丞が、

「この虫けらめが！」

　と叫ぶや否や、出し抜けに玄八を海の中に蹴り落としてしまった。金槌《かなづち》の玄八は危うく溺死するところだったから読売が大いに騒ぎ立て、巷《ちまた》はこの話題で持ち切りとなった。そこで幕府は、事態を鎮静させるため篤之丞に三十日間の逼塞《ひっそく》を命じたのだった。

「加藤家と言えば三千石の大身だ」

三千石の旗本ともなれば十万石の大名との縁組が可能な格式を誇り、江戸と領地を合わせれば家臣の数は百人を下らない。加藤家の嫡男からすれば、裏長屋に住む町人など言葉どおり虫けらと変わらないのだろう。

「その篤之丞様がなぜこんな所に？　花魁にいたく御執心なのかもしれぬが、それにしても正月から寮にまで押しかけて見張っているとは、一体――」

「浮舟さんから伺ったのですが、少々仔細がございます」

お糸は眉根を寄せながら、

「実は浮舟さんは三月前に心中を図り、不首尾に終わったのです」

相手は元御家人の小島太一郎《こじまたいちろう》と言い、二人は錦屋の浮舟の居室で心中に及んだ。剃刀《かみそり》で手首を切ったため部屋中が深紅に染まる惨状だったが、発見が早かったのでどちらも命を取り留めた。

「ほう、それは初耳だな」

吉原の郭内で起きた事件は面番所《めんばんしょ》に詰める隠密《おんみつ》廻り同心が担当するため、惣左衛門ら定町廻り同心が関与することは一切ない。

「元と言うと、小島は御家人株を売ったのか」

「はい、浮舟さんを身請けするためでした」

浮舟に首っ丈の小島は錦屋に通いづめだったが、浮舟は小島を金蔓《かねづる》の一人としか見なしていなかった。盤台面《ばんだいづら》で太鼓腹と見栄えが悪く、性格も嫉妬深い小島に心底では嫌気が差していた

浮舟は、ある時、

「それならわっちを身請けしておくんなんし」

と、小島に願い出た。五百両とも千両とも言われる身請け金を、ただの御徒《おかち》に過ぎない小島が用意できるはずがないと見越したうえでの要望だった。

それきり小島はふっつりと顔を見せなくなったので、ようやく自分のことを諦めてくれたらしいと浮舟は安堵していた。ところが、二月ほど経った頃小島が不意に現れ、息を弾ませながらこう言ったのだ。

「長いこと待たせて悪かった。ようやく金ができたぞ」

あまりに意想外の展開に浮舟は愕然とした。どうやって工面したのかと尋ねると、御家人株を売ったという答えだった。

御家人の多くは、ある役職に一代を限って抱え入れられた「抱席《かかえせき》」である。そのため病気や老衰でお暇《いとま》（退職）した場合には御家人身分を失うのだが、この跡式（欠員）に自分の惣領以外の者を養子と称して推挙し、抱入《かかえいれ》（就職）させることができた。抱席の御家人の中には、この抱入の仕組みを悪用する者が少なくなかった。御家人株と称して跡式を裕福な町人などに金銭で売却したのである。

今回小島が用いたのもこの手だった。御徒の株は五百両が相場のところを札差の次男坊に七百両で売りつけてやったと、小島は自慢げに語った。

「これで晴れて夫婦《めおと》になれるぞ」

武士の身分を捨てても惜しくないほど自分のことを想ってくれていたのかと浮舟は感激するどころか、むしろ小島の執念深さに怖気を震った。舌舐めずりをしてにやついているこの男と所帯を持つなど、想像しただけでも虫唾《むしず》が走る。やむなく浮舟は、

「あれは冗談でありんした」

と、本心を告げた。それを聞いた小島は怒髪《どはつ》天を衝く形相になり、

「お主と添い遂げられないのであれば、今ここで一緒に死ぬ」

そう叫ぶや、剃刀を取り出して浮舟に突きつけた。吉原では武士といえども帯刀しての登楼は許されないので、剃刀を懐に忍ばせていたのである。小島は浮舟に心中を迫り、尻込みする浮舟の手首を摑んで剃刀を振り下ろし――

「何だ、それでは心中と言っても小島が無理強いしたものだったわけか。浮舟にとってはとんだ災難だったな」

「はい、浮舟さんは微塵《みじん》も望んではおられませんでした。実状は心中にあらずと面番所の方々もすぐにお認めになられ、おかげで非人手下《ひにんてか》は免れることができました」

心中に失敗して男女双方が生き残った場合、両人ともに三日晒《さらし》のうえ非人手下とすることと『公事方御定書』には定められている。非人身分に落とされ、非人頭の配下に編入されるのだ。

「その時の傷を癒すため、浮舟さんは錦屋の寮でずっと療養を続けておられるのです」

「で、小島の裁きはどうなったのだ」

心中ではないとなれば小島は定めどおりの罰を受けたはずだが、武士の犯罪は町奉行所では

なく目付の管轄なので、惣左衛門はまったく関知していなかった。

「重追放に処されたとのことです」

重追放は関八州《かんはっしゅう》や東海道《とうかいどう》筋、木曽《きそ》路筋などから追放される刑で、追放刑の中では遠島に次いで重いものである。

「なるほど、ならば浮舟は一安心であろうな」

と惣左衛門は頷きかけたが、

「だが、そうすると妙だな。なぜ篤之丞様はああやって浮舟を見張っているのだ。逆恨みした小島の襲撃を警戒しているというなら理屈が合うが、小島は江戸から追放されてしまったのだからそんな必要はないではないか」

「浮舟さんほどの花魁ともなれば、大勢の馴染みをお持ちです。その中に、小島様と同じくらい浮舟さんに入れ揚げていた方がもう一人いらっしゃいます。薬種問屋河内《かわち》屋《や》の佐次郎《さじろう》様で、浮舟さんのもとに足繁くお通いでした。小島様との心中の一件を聞いた時には『先を越された』と地団駄を踏んで悔しがったそうです」

「なるほど、今度は佐次郎が無理心中を仕掛けてこないかと篤之丞様は疑心を抱いているわけか。だがそれにしても、三千石の旗本の嫡男が自ら花魁の警護に立つとは、いやはや何とも」

惣左衛門は呆れ顔で首を振った。

「篤之丞様は何とも激しやすい奇矯な性格のようだ。佐次郎に対抗意識を抱いたあげく、よもや藤枝外記《ふじえだげき》のような真似には走るまいな」

今から約八十年前の天明五年のことだが、旗本の藤枝教行《のりなり》が吉原の遊女綾絹《あやきぬ》を廓《くるわ》から無断で連れ出し、箕輪《みのわ》の餌指《えざし》の家で心中するという事件が起きた。この心中は江戸中の人々の耳目を集め、『君と寝ようか五千石とろか　何の五千石君と寝よ』という、改易となった藤枝家を揶《や》揄《ゆ》する俗謡が流行したほどだった。

「武士にとっては太平の世が長く続きすぎたのかもしれんな。この有様ではいざ戦《いくさ》となった時、はたして公方様のお役に立てるものか」

「そう言えば、先日歩兵組の方々を初めて拝見しました」

お糸がふと思い出したように、

「前の通りを調練で行進なさっておられました。吉原にいると籠の中の鳥で世間の新しい動きを何も知りませんから、たいそう驚かされました」

二年前の文久二年六月、幕府は西洋式兵制の導入を目的とした軍制改革を実施した。歩兵、騎兵、砲兵から編制される親衛常備軍を創設したのだ。

このうち歩兵の採用について、幕府は開幕以来の祖法を大きく転換させた。同年十二月に『兵賦令《へいぶ》』を発布し、禄高に応じて歩兵人員を差し出すよう旗本に命令したのである。それはすなわち、将軍直属の軍隊に旗本知行地の農民が加わることを意味していた。

「戦と言えば、お武家様のみがなさるものと存じておりましたが……」

「我ら武士は、突き詰めれば一朝事があった時に命を投げ出して公方様をお守りするためだけに生きておる。たとえ非役で普段安閑と暮らしていても、変わらず禄をいただけるのはそのためだ」

　惣左衛門は口をへの字に曲げた。

「だが、武士以外の者も戦に出る時代になってしまった。これははなはだ由々しき事態と言わざるを――」

　その時突然庭の向こうから、

「浮舟っ！」

　と叫ぶ男の声が聞こえてきた。惣左衛門は思わず隣家の方に目を向けたが、それきり物音一つせずひっそりと静まり返っている。

　障子が閉められているので中の様子は窺えないが、何とも徒《ただ》ならぬ声音であったように思われ、無理心中の一件を考え合わせると不吉な予感がした。お糸も憂い顔で眉を曇らせている。

　だが、単に浮舟が誰かと口喧嘩をしているだけかもしれない。惣左衛門は既に現役の定町廻り同心ではないこともあり、その叫び声一つのみを理由にして錦屋の寮に踏み込むことは難しかった。

　やむなく惣左衛門は、しばしの間輿入れの段取りについてお糸と打ち合わせを進めた。しかし、やはりどうにも気になってならない。年始の挨拶を口実にすれば障りはないだろう。そう判断した惣左衛門が、

「ちょっと隣の様子を見てくる」

　と言って腰を浮かしかけた、まさにその時だった。

「キャーッ！」

甲高い女の叫び声が響き渡った。再び錦屋の寮からだ。今度こそ躊躇《ちゅうちょ》している場合ではない。

「南無三！」

惣左衛門は大音声《だいおんじょう》を上げると、足袋跣《たびはだし》のまま庭に飛び下りた。足跡一つなく綺麗に雪が降り積もった庭を一散に駆け抜けると、縁側から甲高い悲鳴が上がり続ける部屋の中に飛び込んだ。

途端に惣左衛門は、我にもなくその場に立ち竦《すく》んだ。畳一面が真っ赤に染まっており、とりわけ長火鉢の周りは血の海と化している。壁のあちらこちらにも多くの血が飛び散っていた。襖《ふすま》が開け放たれ、廊下に下女と思しき年増の女が力なくへたり込んでいるのが見えた。

「ここは浮舟の部屋か」

と惣左衛門が問いかけると、女は蒼白な顔で頷いた。

（ぬかった）

惣左衛門は歯噛みした。何が起こったかは明らかだった。男の叫び声が聞こえた時直ちに行動に移れば、あるいはこの惨事は防げたかもしれない。だが、今となってはすべて後の祭りだった。

いや、惣左衛門にはまだできることがある。浮舟の姿は部屋の中のどこにもない。とすれば、考えられることはただ一つ。下手人が浮舟を連れ去ったのだ。これだけ出血しているとなれば生存の見込みは薄いが、もしかしたらまだ間に合うかもしれない。

惣左衛門は女を押しのけるようにして、猛然と廊下に飛び出した。

＊　＊　＊

この家は寮と言ってもこぢんまりとした仕舞屋で、すぐ右手に玄関が見えた。だが惣左衛門は、そちらに向かう前に左手にある背戸を検《あらた》めた。内側から心張棒《しんばりぼう》がしっかりと掛けられている。とすれば、下手人はこちらからは逃げていないということだ。

惣左衛門の推測を裏づけるように、玄関から門に向かって雪の上に足跡が点々と続いている。足跡は一組だけで、引きずったような跡はどこにもない。となると、下手人は浮舟を抱えるか背負うかして運んだということだろうか。

足跡を辿って進むと、門前にまだ例の二人の武士が立っているのが見えた。

「卒爾《そつじ》ながらお尋ね申し上げます」

あまり関わりを持ちたくない相手だが、火急の事態なので止むを得ない。

「今しがた加藤様の前を通っていった者がおりませんでしたか」

惣左衛門は篤之丞と思しき山岡頭巾の武士に問いかけたのだが、冷ややかな視線と沈黙が返ってきただけだった。隣に立っている痘痕顔《いもがお》の武士（こちらが平沢であろう）が代わって口を開いた。

「無礼者、控えよ」

いたく嵩高《かさだか》な口調である。

「なぜ若殿の名を知っておる。胡乱な奴め、誰だ貴様は」

「失礼いたしました。元北町奉行所同心、戸田惣左衛門と申します」

「何だ、不浄役人か」

平沢は自らは名乗ろうともせず、鼻で笑った。不浄役人とは、町奉行所の同心など罪人の捕縛や断罪に当たる役人のことを蔑《さげす》んで言う隠語である。

「……！」

惣左衛門の心に憤怒が込み上げたが、それを口に出すのは辛うじて堪《こら》えた。町廻り同心は三十俵二人扶持の軽輩で、御目見《おめみえ》以下の御家人だ。同じ幕臣と言っても、三千石の旗本とは天地ほど身分の差がある。

「下手人を追っております。ここを通った者はどちらに逃げましたか」

「誰も通ってはおらぬ」

「誰も？　ですが、ここにこのとおり」

雪面に残された足跡を惣左衛門は指し示しながら、

「雪は止んだばかりで、足跡はその後についたものです。つい先ほど人が通ったとしか考えられませぬ」

「人など通っておらぬ」

何か勘違いをしているとしか思えない。

「お二人ともずっとこの場におられたのですか」

「ああ、一歩もこの場を離れてはおらぬ」

「見落とされたということはございませんね」

そう惣左衛門が念を押すと、平沢はたちまち色をなして、

「失敬な。我らの目は節穴ではないぞ」

そんな馬鹿な。惣左衛門は唖然とした。では、この足跡は幽霊がつけたとでも――いや、幽霊に足はないから、妖怪それとも鬼か――言うのだろうか。

埒が明きそうもないので、惣左衛門は二人への訊問を諦めた。ところが通りに出てみると、運の悪いことにたまさか大八車が通ったらしく、足跡は轍《わだち》の中に消えてしまっていた。これでは足跡を頼りに下手人を追跡することは不可能だ。

惣左衛門が舌打ちをしながら戻ってくると、平沢が立ちふさがって詰問するように、

「先ほど下女らしき女の悲鳴が聞こえた。貴様は下手人を追っていると言ったが、下女が殺されでもしたのか」

「いいえ、被害者は下女ではありません」

「何だと？」

篤之丞がそこでようやく惣左衛門に対して口を開いた。

「よもや浮舟ではあるまいな」

「残念ながらそのようです」

惣左衛門の答えを聞くや否や、篤之丞は寮に向かって駆け出した。平沢が慌てて主人の後を

追い、惣左衛門もそれに続く。

「浮舟！」

そう叫びながら篤之丞は浮舟の部屋に駆け込んだが、あまりに凄惨な光景を目にして、

「いったい、これは……」

と呟いたきり、呆然と立ち尽くしている。

「下手人が浮舟を連れ去ったものと思われます」

惣左衛門が説明すると、篤之丞は平沢を呼び寄せて耳元で何事か囁《ささや》いた。平沢は頷くと、惣左衛門に向かって、

「何をもたもたしておるのか。一刻も早く下手人を捕まえて浮舟を取り返せと、若殿は仰《おお》せだ」

「いや、ですが……」

雪の上に残された足跡は下手人がつけたものとしか思えない。しかもその時、下手人は浮舟を連れていた。篤之丞らが下手人の姿を目にしていないはずはなく、本来であれば下手人の身形《みなり》や逃走経路について二人の口から重要な手掛かりが得られているはずなのだ。ところが、誰も通った者はいなかったなどとおよそ信じ難い主張を篤之丞らはしている。吟味への協力どころかむしろ妨害になっているではないか。

しかしそうは言っても、と惣左衛門は思い直した。篤之丞たちが偽りを述べているとも思えない。下手人を憎みこそすれ庇ってやる理由など皆式《かいしき》ないからだ。すると足跡は別人がつけた

もので（それでもその人物を目撃していないというのは不可思議極まりない話だが）、下手人は別の経路で逃走したということなのだろうか。

だが、背戸には内側から心張棒が掛けられていた。外から心張棒を掛けることはできないから、下手人が背戸から出て行ったのなら心張棒は外れていたはずだ。

では、縁側から庭に逃げたのか？　だが、庭の雪面には足跡は一つも残されていなかった。しかも、常時意識して監視していたわけではないものの、惣左衛門とお糸の目があったのだ。

（ふうむ）

鼻梁をいじりながら、惣左衛門は方寸で唸った。

こうなると、内部の者の犯行としか考えられない。だが内部の者と言っても、浮舟以外にこの寮に住んでいるのは、ここで腰を抜かしていたお岩《いわ》という下女と鍬吉《くわきち》という寮番の老人の二人だけだった。

「自分で浮舟を襲っておいて、さも今やって来たばかりであるかのように装ったのであろう」

惣左衛門がそう問い詰めると、お岩は真っ青な顔になって、

「滅相もございません」

と、唇を震わせながら否定した。嘘をついているようには到底見えなかった。第一、下手人が発したと思われるあの叫び声は間違いなく男のものだった。またお岩は相当に小柄な体格で、浮舟を担いで歩くことは不可能だったに違いない。

では、鍬吉の方はどうかと言えば、こちらも見込みははなはだ薄い。鍬吉は中風《ちゅうふう》を患ってい

るため手の自由があまり利かず、刃物を存分に使うことができたかは疑問だった。また足の具合も悪く、よろぼうようにゆっくりとしか歩けない。浮舟は鍬吉に切りつけられる前に、その場から悠々と逃げ去ることができたろう。もちろん、浮舟を背負って歩くことなど論外である。

(はてさて……)

篤之丞の射るような視線を背に感じつつ、惣左衛門は思案投げ首で腕組みをした。すると、唐突に玄関の方から、

「大変でございます!」

と、大声が上がった。何事かと駆けつけると、百姓の男が蒼白な顔をして立っており、

「あそこの地蔵堂の中で女のホトケが見つかりました。たぶんこちらにいらした花魁の方じゃないかと――」

終《しま》いまで聞かずに、惣左衛門は外に駆け出した。胸の痛みを押して、ようよう地蔵堂まで走り切る。お堂の前に野次馬の人だかりができていたが、

「御用であるぞ!」

と叫びながら掻き分けるようにして突進し、中に飛び込んだ。

本尊の地蔵菩薩の前に、一人の女が横たわっている。喉がぱっくりと切り裂かれ、多くの男たちを惑わせてきたであろう美貌は苦悶に歪んでいた。懸命に抵抗を試みたらしく、掌《てのひら》や前腕にも無数の傷が付いている。白い襦袢《じゅばん》を着ていたが、何か所も切り裂かれて襤褸《ぼろ》のようになっており、そのほとんどの部分が真っ赤に染まっていた。

「発見したのは毎日お参りに来ている老婆です」

自身番の番人と思しき男が、肩で息をする惣左衛門に説明した。

「扉が半開きになっていたので不審に思い、中を覗いてみたところびっくり仰天、腰を抜かしてしまったそうでして」

惣左衛門が検分を始めようと死体の傍《かたわ》らに屈みこんだ時、動転した様子で篤之丞が駆け込んで来た。

「浮舟！　おお、何たることだ」

浮舟の変わり果てた姿を見て悲嘆した篤之丞は、惣左衛門に人差し指を突きつけて、

「たわけめ。貴様がもたもたしているから、この有様だ。貴様の咎《とが》だぞ」

理不尽極まりない言いがかりだが、口答えすることはできない。惣左衛門は唇を噛んで耐え忍び、事件の解明に意識を集中させた。

それにしても、いかにして下手人は浮舟をここまで運んだのだろうか。門へと続く一組以外寮の周囲に足跡はなかったのだから、下手人は門から外に逃げ出たとしか思えない。しかし、そこには篤之丞らが陣取っていて、誰も通らなかったと言明している。下手人は天狗で、浮舟を抱えて空に飛び去ったとでも想定しない限り、まるきり理屈が通らなかった。

(だが、待てよ)

こうなると、篤之丞の証言を疑ってかかる必要があるのではなかろうか。下手人一人であれば、篤之丞らがうっかり見逃したということももしかしたらあり得るかもしれない。だが浮舟

の死体を背負って、または抱えていたのであれば、よもや見落とすことは考えられまい。

さらには、部屋中が浮舟の流した血で赤く染まり、とりわけ浮舟が刺された場所と思しき長火鉢の辺りには多量の血が溢れていた。あれだけの出血があったなら、下手人は相当の返り血を浴びていたはずだ。全身血塗《ちまみ》れの異様な風体の者がすぐ側を通ったにもかかわらず、まったく気に留めないことなどあるわけがない。

（もし偽証をしているとすれば、当然のこと下手人は……）

そうして惣左衛門が鼻に手を当てながら考え込んだ時、

「おや、戸田の旦那様じゃござんせんか」

と、背後から声を掛けられた。振り向くと、下谷通新町《とおりしんまち》を縄張りとする目明しの鉄蔵《てつぞう》が立っている。先ほど下谷通新町の自身番に使いを出しておいたのだが、鉄蔵は事件の一報を耳にして錦屋の寮に出向き、さらには浮舟の死体発見を聞いてこちらにやって来たのだろう。

「全体どうしたわけです？」

鉄蔵は目を丸くしている。引退したはずの惣左衛門がいち早く現場に駆けつけていることに驚いた様子だった。

惣左衛門はこの場に居合わせた経緯やこれまでの詮議の結果をすべて鉄蔵に伝えた。聞き終えた鉄蔵は、

「何とも奇怪な一件ですな」

と顔を顰《しか》めていたが、

「では、後は任せたぞ」

惣左衛門は鉄蔵に言い置いて、早々に桜屋の寮に戻ることにした。鉄蔵が吟味を始めたとなれば、隠居の身である惣左衛門はこれ以上嘴《くちばし》を容《い》れるべきではない。

帰り際惣左衛門は篤之丞に丁重に別れの挨拶を述べたが、篤之丞はそっぽを向いたまま惣左衛門を黙殺した。

「いかがでございましたか」

不安げな面持ちでお糸は惣左衛門を迎えた。事の次第を説明すると、

「そうですか、浮舟さんが……何ともお労《いたわ》しいことです」

それからしばらくの間お糸は目を伏せて何事か考え込んでいる様子だったが、やがて顔を上げると、

「旦那様はいかに思われますか」

「足跡というあれだけ明白な証しがありながら、誰も通った者はいなかったなどとは信じられんな」

「篤之丞様が偽りを仰っていると？」

「うむ、篤之丞様が見張りを始めたのは雪が強まって間もない頃だった。その後しばしの間降り続き、やがて止んだ。その積雪の上に足跡が残っているのだから、篤之丞様があの場を離れていないのであれば、下手人の姿を必ず目にしているはずだ」

「では、下手人は篤之丞様であるとお考えなのですね」

「ああ、そうだ。無論おくびにも出しはしなかったが」

何しろ相手は三千石の旗本の嫡男だ。そんなことを仄《ほの》めかしただけでも、どのような羽目に陥るか知れたものではない。

「篤之丞様は浮舟に無理心中を迫ったのだ。かつての藤枝外記のようにな。ところが、浮舟を殺したものの急に怖気づいてしまい、事件を隠蔽するため浮舟の遺体を持ち出したのだ。つまりあの足跡は篤之丞様自身のもので、それをごまかすために通った者などいなかったと苦し紛れの嘘をついたわけだ」

しかし――と、そこで惣左衛門は眉を顰《ひそ》めながら、

「その一方で、どうにも篤之丞様の仕業とは思えぬ節もあるのだ。下手人は多量の返り血を浴びていたはずだが、篤之丞様の羽織にも袴にもさような形跡は一切なかった。もちろん着替えをしたなら話は別だが、さような暇は露もなかったはずだ。

加うるに、足跡のことでどうせ虚言を弄さねばならぬのなら、なぜ『頬かむりした長身の男が吉原の方に逃げて行ったぞ』といったもっともらしい作り話を捏造《ねつぞう》しなかったのだろうか。誰も通らなかったなどという看破されやすい嘘をつく必要はない」

「仰るとおりでございますね。私も篤之丞様は下手人ではないと存じます」

そう言ったお糸の口振りがすこぶる自信に満ちたものだったので、惣左衛門は面食らって、

「もしやお主はもう目串《めぐし》をつけられたのか」

だがその問いには答えることなく、お糸は逆に、

「これからいかがなさいますか」

と尋ねてきた。

「うむ、御番所に行くことにする。隠居の身ではあるが、行きがかり上とりあえず報告をせねばなるまい」

「御番所を訪ねられるのでしたら、一緒に下手人もお連れになってはいかがですか」

「何？」

物左衛門は呆気にとられた。

「下手人を連れてだと？　一体お主は――」

「ほら、やって来ました」

お糸は表の通りの方を見やった。風に乗って歌声が聞こえてくる。

〈とんとんとうがらし　ひりりとからいハさんしょのこ〉

「下手人は現場に戻って来るという格言は真《まこと》でございますね」

お糸は悪戯《いたずら》っぽく微笑んだ。

＊　＊　＊

二日後、惣左衛門は再び桜屋の寮にお糸を訪ねた。すると、お糸は庭に出て寒牡丹の手入れをしていたので惣左衛門は驚いて、

「大丈夫か。あまり無理はせぬ方がよいぞ」

「いえ、大事ございません。もう相当軽快いたしました」

「そうか、ならばよいが……ところで、あやつは洗い浚《ざら》い白状したぞ。概《おおむ》ねお主の言っていたとおりだった。毎度のことお主の千里眼には何とも恐れ入る」

「近づき過ぎれば、物事はかえって見えなくなります。岡目八目という言葉のとおり、局外者の私の方がわずかばかり視野が広かったというだけのことでございます」

浮舟を殺害した下手人は、江戸を追放されたはずの小島であった。

「浮舟への未練を断つことができず、小島は密かに江戸に舞い戻ってきたのだ」

小島は心ならずも越後《えちご》へと移り住んだが、異郷の地での独り暮らしがもたらす寂寥は耐え難いものだった。

(そうだ、ここに浮舟を連れて来よう)

およそ正気の沙汰ではないが、一旦そう思い付いてしまうと小島は矢も盾もたまらなくなった。往来手形を偽造し、とうとう江戸へと出府してきてしまったのだ。江戸にいる間、小島は唐辛子売りを装うことにした。

その理由の第一は、武士の姿のままでいれば発見されてしまう恐れが大きく、もしそうなったら今度は追放刑程度では済まないからだ。

第二には、そうすれば浮舟に接近することが容易になる。浮舟は小島の来訪を警戒しているかもしれないが、唐辛子売りの姿であれば正面から堂々と錦屋の寮を訪れることができるからだ。実際に一昨日小島は首尾よく玄関まで乗り込むと、中の様子をそっと窺った。そして人気が少ないのを幸い、密かに上がり込んだのだ。

「小島様……」

絶句して恐怖の色を浮かべた浮舟に、小島はともに越後で暮らすことを持ちかけた。もちろん、浮舟はきっぱりと拒絶した。そして、

「お岩――」

下女を呼ぼうとして、声を上げかけた。小島は狼狽し、浮舟を黙らせるために掌で口を押さえた。すると、身の危険を感じたのだろう、浮舟は小島の掌に嚙みついた。そして廓言葉も使わずに、

「あんたの薄汚い顔なんて見たくもない。さっさと失せて頂戴」

と、言い放った。これほど身魂《しんこん》を捧げて恋い焦がれているのに、なぜお主は己の真心をわかってくれないのか。逆上した小島は、前後の見境をなくしてしまった。

「浮舟っ！」

と叫んで詰め寄ったところまでは覚えているが、それ以降の記憶は曖昧模糊《あいまいもこ》としている。ふと我に返ると、浮舟が血塗れになって死んでいた。自分の右手には匕首《あいくち》が握られている。浮舟が越後行きに同意しなかった場合に、無理にも言うことを聞かせるため用意しておいたものだった。

自分の仕出かした所業に、小島は愕然とした。今回はやむなく浮舟を脅迫することはあって

も、命を奪おうとまでは更々考えていなかったのだ。

だが、それから小島がとった行動が何とも不可解だった。浮舟の命を助けたいのであれば、直ちに医師を呼ばなければならない。前回未遂に終わった無理心中を完遂したいのであれば、その場で自害すればよい。けれども、実際にはそのどちらでもなかった。

「小島は気がふれてしまったのであろうな。ともにいられるのであれば遺体でも構わないと考えたのか、当初の企てどおり浮舟を連れ去ろうと考えたのだ。そのための方法こそが、唐辛子売りに扮した第三の理由だった」

唐辛子売りはみな、人の大きさほどもある巨大な張り子の唐辛子を背負っている。小島はそれに細工を施し、ぱくりと二つに分けて中に物を収納できるようにしたのだ。小島が収納を目論んでいた物とは、浮舟の身体だった。

小島は能《あた》う限り説得を試みるつもりではあったが、浮舟はどうしても肯《がえ》んじず抵抗し続けるかもしれない。その場合には、浮舟を殴りつけて失神させた後、人目に触れぬよう張り子の唐辛子の中に押し込めて拉致してしまう魂胆だった。正気を失っていた小島にとって浮舟の生死は最早問題ではなく、その計画をそのまま実行に移したのだ。

かくしてまんまと浮舟を錦屋の寮から運び出すことに成功した小島だったが、如何《いかん》せん死体の重量のせいで亀のように遅々とした歩みである。追手が出たらたちまち捕らえられてしまうだろう。

不安に駆られた小島は寮の様子を探ってみようと考え、浮舟の遺体をたまさか目に付いた地蔵堂の中に置いた。そして、寮の近くまで戻って行商の振りをしたのだが、運悪くその間に浮舟を見つけられてしまったというわけだった。

「こういった次第だったから、篤之丞様が張り子の中に隠された浮舟の遺体に気づかなかったのも無理はなかった。だが、小島の姿まで目に留まることはなかった理由は何とも特異なものだった。いや、本人たちにとってはしごく当然のことだったのだろうが」

篤之丞は三千石の旗本の嫡男であり、自尊や気位の高さは尋常なものではない。同じ武士であっても惣左衛門を不浄役人と見なし、ろくに口も利こうとはしないほどであった。ましてや、社会の底辺で貧窮に喘ぐ振売りなどなおさらだ。品川で冷や水売りの玄八を「虫けら」と罵倒したように、篤之丞から見れば振売りは人ではなかったのだ。

「篤之丞様や平沢は振売りを人として認識しておらず、二人にとって小島はまさしく『見えない人間』だった。それゆえ、わしの問いに対して『人など通っておらぬ』と答えたのだ。平沢にしてみれば、何ら嘘偽りのない真正直な答えであったのだがな」

それでも、小島の着衣が返り血で汚れていたなら、多少は篤之丞や平沢の注意を引いたかもしれない。しかし、唐辛子売りは唐辛子の色に合わせて全身が真っ赤な衣装に身を包んでいる。そのため小島がどれほど多量の返り血を浴びようとも、目立ってしまうことは皆目なかったのだ。

「ですが、振売りであるからと言っても、人であることに何ら変わりはありませんでしょうに」

「身分や石高でしか人を計ることができぬ連中だからな」

惣左衛門は大きな溜息をついた。

「三百年近くもさように生きてきたとなれば、今さら仕様がないのであろうが……だが、今後は――」

その時、通りの方から不意に足音が聞こえてきた。大人数が一斉に調子を合わせて歩いている足音である。惣左衛門はお糸と顔を見合わせ、

「歩兵組だ……」

と呟いた。

歩兵組は西洋式の行進をしていた。一糸乱れぬ規則正しい足音がどんどん迫ってきて、やがて耳を聾するばかりに辺りに響き渡る。

垣根越しに歩兵隊の兵士たちの姿が見えた。兜や甲冑《かっちゅう》を身に付けている者など誰一人いない。全員が揃いの筒袖の上着と股引き袴を着用し、肩には鉄砲を担いでいる。その異形は、ひどく禍々しいもののように惣左衛門の目には映った。

「今後は――これからの我ら武士は――」

惣左衛門の言葉は歩兵隊の足音に掻き消され、力なく虚空へと消えていった。

雪旅籠

「よ、よくぞお越しくださいました」

来客は約束の時刻きっかりに戸田邸に現れた。戸田清之介の声が我知らず上ずる。

「母――いえ、その、どうぞお上がり下さい」

お糸は嫣然《えんぜん》と微笑みながら腰を屈めた。

「お邪魔いたします」

客間に通されたお糸は懐かしげに部屋の中を見回して、

「こちらに伺うのは何年ぶりでしょうか」

吉原《よしわら》にある妓楼《ぎろう》「丸屋《まるや》」の主人富蔵が殺害され、その嫌疑が清之介の父、惣左衛門に掛けられた。その見世《みせ》で花魁《おいらん》を務めていたお糸が急遽《きゅうきょ》この家を密かに訪れ、一件を見事に解決して差控《さしひかえ》の処分を受けていた惣左衛門の窮地を救ったのだった。

「きちんと手入れをなさっておられるようですね」

縁側の向こうに目をやりながらお糸が言った。中庭には惣左衛門が丹精込めて育ててきた数多《あまた》の花木が植わっている。正直なところ清之介は園芸にまるで興味はないのだが、もしも放置して枯らしでもしようものなら手ひどく叱責されるのは必定《ひつじょう》なので、やむなく面倒を見続けているのだ。

「火急の事態とは何でございますか」

現在清之介は大変な苦境に陥っていた。是が非でもお糸の助力を必要としていたのだが、事情によりこの家を離れることができない状況にある。そこでお糸に、火急の事態が出来《しゅったい》した、ついては直様《すぐさま》お越し願いたいと文を送ったのだ。

「本日のことは父上は?」

「ご存じありません。両国《りょうごく》で生人形見物をすると申し上げて、出て参りましたので」

「ご配慮かたじけのうございます」

胸を撫で下ろした清之介は、額に滲む汗を懐紙で幾度も拭いながら、

「十日ばかり前のことなのですが」

と、弱々しい声で切り出した。

「安蔵《やすぞう》という破落戸《ごろつき》が矢取女《やとりおんな》の情婦が浮気したことに激怒して女を刺したのですが、その安蔵を追って内藤新宿《ないとうしんじゅく》まで出張りました。半刻もかからず難なく安蔵を捕縛したまでは良かったのですが、問題はその後でした――」

＊　＊　＊

「ところで清之介様」

不意に真顔になったお糸が清之介を見据えて、

「それにしても冷える。人肌が恋しくなるのお」

安蔵を三四《さんし》の番屋（神田材木町にある大番屋）まで護送しようと歩き始めてすぐに、先輩同心の岩崎《いわさき》が唐突に言い出した。もう三月も半ばを過ぎたと言うのにひどく冷え込み、今にも雪が降り出しそうにどんよりとした空模様である。

「どうだ、ちょっと寄っていかんか」

「酒ですか。下手人を護送中に一杯というのはいかがなものでしょうか」

「違う、酒ではない。こっちの方だ」

岩崎は小指を立てた。内藤新宿など江戸四宿は多数の飯盛女《めしもりおんな》を抱え、殷賑《いんしん》を極めている。

「そちらはなおさら具合が悪いのでは」

「我らは捕物の加勢に駆り出されただけだから、もうお役御免だ。安蔵は樋口《ひぐち》殿が責任を持って送り届けて下さるから、我らがいなくても何の支障もあるまい。樋口殿は世故に長《た》けた心の広いお方だ、半年前にもお目こぼしをして下さったぞ」

「いえ、拙者は……」

「いやに堅いこと言うな。親仁殿譲りか」

清之介の父、惣左衛門は悪所通いとは一切無縁なことで知られ、石部《いしべ》金吉《きんきち》と陰口を叩かれるほどであった。

「男女の機微というものも少しはわかっておかんと、定町廻りとして失格だぞ」

なおも執拗に岩崎は誘いを掛けてくる。不意にお糸の面影が清之介の胸奥《きょうおう》に浮かんだ。

「その儀はひらにご容赦を」

そんな調子で路上で岩崎と押し問答していると、清之介は出し抜けに背後から声を掛けられた。

「これはこれは、戸田様」

痩せぎすで頰のこけた町人が頭を下げて、

「その節は真《まこと》にありがとうございました」

相手が誰なのか心当たりがなく、清之介が首を傾げていると、

「兼八《かねはち》でございます——と申し上げてもご存じありませんな。戸田様にお助けいただいた時は百助《ひゃくすけ》と名乗っておりました」

「おお、百助か」

額に付いた特徴のある三日月傷は、確かに百助のものに違いなかった。

「今は兼八と申すのか。すっかり見違え……いや」

清之介は口ごもりながら、

「何年振りかな。息災でおったか」

清之介の知っていた百助はたいそう恰幅がよく、関羽《かんう》のような偉丈夫であった。ところが、今目の前にいる兼八は、何か患いでもしたのか風貌が一変してしまっている。兼八は清之介の戸惑いを察したらしく、

「それが胸を悪くいたしまして。お陰様で何とか本復はしたものの、まるで蚊蜻蛉《かとんぼ》のようにな

ってしまいました」

「そうか、父上と同じ病か。快癒したのであれば何よりだ。ところで、どこぞに旅に出るのか」

兼八は手甲脚絆《てっこうきゃはん》をつけ、振分け荷物を肩に掛けた旅姿である。

「はい、今は小間物を商っておりまして、これから仕入れに甲州《こうしゅう》まで参ります」

甲州は水晶の産地として知られ、水晶を使った帯留めや根付けなどの生産が盛んに行われている。

「このところ有卦《うけ》に入っておりまして、席の暖まる暇もないほどでございます」

「地道に励んでいるのであろうな」

百助改め兼八のかつての生業《なりわい》は道具屋であったが、斯界では怪しげな骨董品を扱っていることで有名だった。日本が開国してからは、横浜《よこはま》居留地の外国人商人を欺《あざむ》いて舶来品を買いたたき、それを法外な値で国内の問屋に売りつけるという阿漕《あこぎ》な手法で荒稼ぎをしていた。

「あの異人の一件で懲りましたからな。堅実第一でございます」

あまりにあくどい遣り口が恨みを買い、兼八は二度も襲撃されたことがある。一度目は夥《おびただ》しい贋物《がんぶつ》を摑まされて店が傾いた房之助《ふさのすけ》という古物商に斬りかかられた。道場帰りの清之介がたまたま通りかかり、すんでの所で兼八を助けた。額の三日月傷はこの時に負ったもので、清之介が兼八と面識があるのもそれゆえである。

二度目は、兼八の悪辣《あくらつ》な手口に気づいて激怒した英吉利《イギリス》商人に襲われた。サーベルで胸を刺し貫かれて重傷を負いながらも、兼八はひるむことなく相手を一撃で殴り倒したと聞いている。『あの異人の一件』とはこの二度目の襲撃のことで、それを機に小間物商に鞍替えしたのだろう。

「おっ、とうとう降ってまいりましたな」

兼八が雪がちらつき始めたのを見て、

「立ち話も何でございますから、一献いかがですか」

「いや、これから三四の番屋まで咎人《とがにん》を送り届けねばならんのだ」

「さようでございますか。それは残念。お勤めとあれば、致し方ございませんな」

そこで兼八はにわかに思い出したように、

「ところで、不躾《ぶしつけ》ながら嫁取りは済まされましたか」

「いや、未だ縁がなくてな」

「よろしければ私にお世話をさせていただけませんか」

「いったい藪から棒に何だ」

「私は根来組《ねごろぐみ》の半田《はんだ》様と懇意にさせていただいているのですが、半田様には十八になる早苗《さなえ》様というお嬢様がいらっしゃいます。たいそうな芝居好きで、できれば趣味を同じくする方への嫁入りを望まれておられるのですが、戸田様であればまさに剴切《がいせつ》でございます」

「突然さように言われても」

「ご案じなさいますな。早苗様はたいそうな美貌の持ち主でございますぞ。きっとお気に召されると存じます」

清之介の胸裏に再びお糸の面影が浮かんだ。

「まだまだ半人前だからな。嫁取りなど時期尚早だ」

「そうご遠慮なさらずに。大船に乗った心持ちで、万事この兼八にお任せくださ い」

そんな調子で今度は兼八との押し問答が続いたが、

「では、気が変わられたら」

やがて諦めた兼八は、そう言って高井戸《たかいど》の方に向かって去っていった。やれやれと清之介は溜息をついたが、その時奇妙な光景が目に入った。通りに面した茶屋の縁台に腰掛けていた若い女が、兼八が目の前を通り過ぎるや否や出し抜けに立ち上がり、後をつけるように足早に歩き出したのだ。

(……?)

眉根を寄せて女の背を目で追っていると、さらに奇妙なことが起きた。近くの煙管屋《きせるや》の店頭で羅宇《らう》の品定めをしている長身の男がいたのだが、男はにわかに羅宇を棚に放り出すとその女の後を追うように疾行し始めたのである。

「おい、何をもたもたしておる。四の五の言わずについてこんか」

清之介と兼八の長話を苛立った様子で聞いていた岩崎が待ちかねたように催促したが、

「急用ができました。卒爾《そつじ》ながら拙者はここで失礼いたします」

清之介はそう岩崎に告げると、

「おい、清之介!」

った。背後から飛んでくる怒声を無視し、雪の勢いが強まる中自らも小走りになって甲州道中を下った。

(何かある)

あの女と男の行動はどう見ても不自然で、兼八を尾行しているとしか思えない。いったい何が目的なのだろうか。

清之介の心はいたく昂揚していた。生駒屋《いこまや》の一件で味噌を付けて以来汚名返上を期して腕を撫《ぶ》していたのだが、存外に早くその好機が巡って来たのかもしれない。

宿場の外れ、天龍寺《てんりゅうじ》の近くに周りを田畑に囲まれた農家のような一軒家があった。兼八は小振りの薬医門を潜って、すたすたと中に入っていく。

兼八をつけてきた女は門柱に掲げられた表札を目にすると、躊躇《ちゅうちょ》した様子でしばらく門前に佇んでいた。しかし、やがて意を決したように中に入っていき、それを見ていた男も後に続いた。

清之介は門に歩み寄り、表札を読んでみると「亀屋《かめや》」と書かれてある。百姓家のように見えるが、どうやら旅籠《はたご》らしい。

すぐさま清之介も屋内に入ると、兼八は上がり框《がまち》に腰掛けて宿の女に足を洗わせているところだった。

「おや、戸田様!」

兼八が歓喜の声を上げた。

「さては先ほどの話に俄然興味が湧いて、私を追いかけて来られたのですね」

「いや、違う。さようなわけではないのだが……」

目の端で清之介は土間の端に立っている件《くだん》の女と男を見た。足を洗ってもらう順番を待っているようだ。

男は清之介の姿を見ると、急に吃驚《きっきょう》したような色になった。異に思った清之介が男を見やると、男は慌てたように目を伏せた。単に八丁堀の同心が唐突に目の前に現れたので驚いただけなのだろうか。

「内密に話したいことがあるのだが」

「内密に、でございますね。承知いたしました」

明らかに勘違いをしているらしく、兼八は笑みを浮かべながら呑み込み顔で頷いた。

＊　＊　＊

「さあ、見当もつきませんな」

清之介の問いに、兼八は怪訝《けげん》な表情で首を捻った。

「戸田様は思い違いをなさっているのでは」

「いや、間違いない。二人はお主を追ってここに投宿したのだ」

今二人がいるのは亀屋の離れの一室である。清之介の推測どおりこの旅籠は以前は農家で、元の持ち主は伊作《いさく》といった。伊作は中風《ちゅうふう》で倒れて畑仕事ができなくなり、甥の庄次《しょうじ》夫婦が跡式を継いだ。庄次は鍬《くわ》を振るのは不得手だからと言って、以前から関心を持っていた旅籠を開業したのだった。

「私の後から入ってきて、土間に立っていたあの二人でございますね。顔をよく見たわけではありませんが、どうも記憶にはないようです」

「以前お主が道具屋だった時客との間で面倒が幾度か起きたと思うが、そのうちの一人なのではないか」

「まあ、商売柄揉め事も珍しくなかったのは確かです。ですが、それゆえいちいち覚えてなどいられません。もしかしたら仰《おっしゃ》るとおりかもしれませんが、騙される方が悪いのがこの世界の掟なのですから逆恨みもいい所です」

その時、天龍寺の鳴らす六つ（午後六時頃）の鐘が聞こえてきた。

「そろそろ時分時です。戸田様も一緒にいかがですか」

兼八が立ち上がりながら、清之介を夕餉《ゆうげ》に誘った。この鶴屋では食事は自室ではなく、母屋で宿泊客が揃ってとる形のようだ。

「おや、これは」

出入り口の引き戸を開けた途端、兼八が声を上げた。

「大層な積もりようです」

降り始めてからまだ一刻程度だと言うのに、もう一寸近くも積もっている。当分の間降り止む気配はなさそうだ。

「やれやれ、この雪の中を帰らねばならんとはまったく面倒だな」

清之介は溜息をつきながらぼやいた。ここ内藤新宿から八丁堀までは約二里もの距離がある。

すると、やにわに兼八が膝を打って、

「そうだ、こちらにお泊りになられてはいかがですか」

と、清之介に提案した。

「離れは二間ございます。主人に言って、貸し切りにしてもらいましょう」

「ここに泊れれば造作無いのは確かだが、このところ手元不如意でな」

「掛かりの方の御心配は無用です。私にお任せ下さい」

「おお、そうか。済まんな、真に助かる」

三十俵二人扶持の貧乏同心には実にありがたい申し出である。清之介はあっさりと翻意した。

母屋に行って主人の庄次に尋ねてみると、今夜は空いているので大歓迎ですとの返答だった。

元が農家だけに大きな囲炉裏《いろり》が切られた板の間があり、食膳が囲炉裏の周りに並べられていた。例の二人は既に着座している。今夜の泊り客はこの四人だけらしい。

奇妙な緊張感が室内に漂い、一同は黙々と箸を動かし続けた。だが何らの言葉が交わされることもないまま食事が終わろうとする頃、兼八がふと思いついたように、

「今夜はかなり積もるかもしれませんな」

と、盃を口に運びながら言い出した。

「私は兼八と申します小間物屋で、甲州を訪ねる予定です。明日はできれば小仏《こぼとけ》の関を越えて小原宿《おばらじゆく》まで行きたいと思っていたのですが、この雪では無理かもしれませんな」

そこで兼八はさり気ない口調で、

「お二人はご夫婦でいらっしゃいますか。どちらまで行かれるのですか」

二人の素性や目的に探りを入れるつもりのようだ。

「いえいえ、夫婦ではございません」

男は頭《かぶり》を振った。

「私は若狭屋《わかさや》の手代で、利平《りへい》と申します。生糸の仕入れに諏訪《すわ》まで参ります」

「おや、それでは私と同類ですな」

「以前お主とどこぞで会ったことがなかったか」

清之介は利平に尋ねた。どうにも見覚えのある顔のような気がしてならない。先ほど土間で清之介と顔を合わせた時の利平の反応も奇異だった。

「いえ、旦那様にはお初にお目にかかるかと存じます」

利平は清之介の視線を避けるように俯《うつむ》きながら答えた。

「で、そちら様は？」

兼八は女に尋ねた。目鼻立ちの整ったなかなかの品者《しなもの》である。

「ふさと申します」

おふさはそう名乗ったきり口を噤《つぐ》んだので、兼八はさらに追及するように、

「生業は何をなさっておられるのですか」

「はい……ええ、太神楽《だいかぐら》の一員として各地を回っております。江戸で病を得たので、十日ばかり一人で療養しておりました。仲間に追いつくために信州《しんしゅう》に参る途中でございます」

「ほう、太神楽ですか。何を受け持っておられるのですか」

おふさは一瞬視線を宙にさまよわせてから、

「傘を回しております」

「ほう、傘の上で枡や鞠を回す妙技ですな。一つ実演してみせてくださらんか。傘ならあそこにあります」

壁に笠や蓑《みの》と並んで掛かっている番傘を兼八は指差した。

「枡はこれを使えばよいでしょう」

赤ら顔の兼八は、目の前にある酒の入った枡を手に取った。

「いえ、使い慣れた道具でないと難しいものですから……」

「良いではありませんか。袖すり合うも他生の縁と申しますし、是非とも見せていただきたいものです」

「いえ、どうかご勘弁下さいませ」

「兼八、止めておけ」

清之介は兼八を制止した。どうやら兼八の酒癖は相当に悪いようだ。

その後兼八は大人しく盃を重ねていたが、心中では二人に心当たりがないか自分の記憶を探っているようであった。しかしやはり覚えがないのか、しばらくすると兼八は思い出すのを諦めたように首を横に振った。それから徳利を手にすると清之介に向かって差し出して、

「お泊りになるのであれば、多少過ごされても構わんでしょう」

「それはそうだが」

清之介はそれほど酒に強い方ではない。何とか断ろうとしたが、兼八の執拗さに負けてつい深酒になってしまった。兼八も相当に酔いが回ったようで、二人が宵五つ（午後八時頃）過ぎに離れに戻る時には、何とも覚束ない足取りで互いの体を支え合うようにしなければ立っていられないほどであった。雪はようやく小降りになりつつあった。

「お休みなさいませ」

兼八は清之介を床に就かせると、短い廊下を挟んで向かいにある自室へ引き取った。清之介は元々寝つきが良い質《たち》な上に、したたかに酔っている。床に入ると、たちまち深い眠りに落ちて行った。

――それが聞こえてきたのは、いかほどの時がたった頃だったろうか。いささか記憶が曖昧なのだが、その直前に夜四つ（午後十時頃）の鐘が鳴っていたような気がする。

「畜生っ！」

隣室から届いた兼八の叫び声で清之介は目を覚ました。続いて何かが割れるような高い音が響く。

（……？）

いったいどうしたのだろう。清之介は朦朧《もうろう》とした頭で考えるともなく考えた。只事ではないかもしれぬ。清之介の直感はそう告げていたが、

（そうか、酔った兼八が騒いで転びでもしたのか）

と思いつくと、清之介は途端に安心してしまった。睡魔の力に抗《あらが》うことができなくなった清之介は、たちまち眠りの底へと引きずりこまれていく。

翌朝清之介が目を覚ましたのは、五つ（午前八時頃）だった。屋外から幾度も戸を叩く音と呼び声が聞こえてくる。

「兼八さん！」

二日酔いに痛む清之介の頭の中で、それらの音声は半鐘でも鳴っているかのように大きく反響した。

「何事だ」

出入り口まで何とかよろぼい、心張棒《しんばりぼう》を外して引き戸を開けると庄次が立っていた。

「もう五つです。兼八さんは早立ちをなさると仰っていたのに、まだお目覚めじゃねえみたいだからお知らせに来たんです」

兼八の部屋の襖《ふすま》は閉じられ、中はひっそりと静まり返っている。兼八が既に起床して仕度を始めているような気配は感じられない。清之介と同様、深酒のため寝坊してしまっているのだろう。

「兼八さん、もう五つを回っておりますよ」

そう言いながら庄次は襖を開けたが、その途端に、

「ひっ！」

と叫び声をあげて、その場に立ち尽くした。何事が起きたのかと庄次の背中越しに中を覗き込んだ清之介は、意想外の光景を目にした。

兼八は大の字になって横たわってはいた。しかし、それは布団の中ではなく床の間の上で、寝過ごしているわけではないのは一目瞭然だった。兼八の顔は苦痛に歪み、半開きになった口から溢れ出た血が頤《おとがい》を赤く濡らしている。昨夜は底冷えしたためか兼八は帯をきちんと締めて褞袍《どてら》を着込んでいたが、その左胸の辺りにも差渡し二寸ばかりの丸く赤黒い染みが広がっていた。

「戸田様、これは……」

庄次は二、三歩後ずさると、すがるような眼差しを清之介に投げかけた。ところが、そこで不意に何か重事《ちょうじ》に気づいたように大きく息を呑み、

「人殺し！」

と、清之介に指を突き付けながら叫んだ。

「おいおい、いったいどうしたんだ」

何を言い出したのかと清之介が呆気にとられていると、

「うわーっ！」

庄次はそう叫ぶや外に飛び出し、母屋の方に高句麗《こくり》もくり逃げていった。雪はすっかり止み、

庭一面に積もった雪の上に三月らしい暖かく柔らかな日差しが降り注いでいる。雪面の上には庄次が往復した際についたと思われる一組の足跡のみが残されていた。

＊　＊　＊

清之介の北町奉行所への通報を受けて、押っ取り刀で駆けつけて来たのは菊池だった。惣左衛門の隠居後、菊池が清之介の言わば後見人のような恰好になっているので助勢に派遣されたのだろう。

「お主が下手人だと宿の主人が訴えているそうだな」

菊池は苦笑を漏らしながら、

「さしずめ何かの勘違いであろうが、いったいどうしたわけだ」

清之介は菊池が来るまでに判明した事実の報告を始めた。見る見るうちに菊池の顔色が曇っていく。

「確かに下手人はお主以外あり得んではないか……」

――清之介が調べ上げた結果は、以下のようなものであった。

清之介は早速死体の検分を始めた。だが、いかにも及び腰といった体のものだった。その理由の一つは清之介の技量が十分に熟達していないからで、下手に屍《しかばね》を弄《いじ》り回して証しを台無しにしてしまうことを恐れたのだ。

そしてもう一つの理由は、清之介が死体と接すること自体に未だ躊躇を覚えてしまうからだった。側に寄るのも嫌だ、血を見るのが怖い、といったわけではない。しかし、かっと見開かれた目に恨めし気に見つめられようものなら(そんなわけはないのだが、どうしてもそう思えてしまうのだ)、居たたまれないような身の置き所がないような、何とも落ち着かない心持ちにならざるを得なかった。

それでも、最低限の調査だけは済ませておかなければと己を鼓舞しつつ、清之介は現場の部屋に足を踏み入れた。

兼八は胸に何らかの刃物を刺されたことにより殺害されていた。凶器は匕首《あいくち》のような短刀と考えられるが、下手人が持ち去ったらしく、室内のどこからも見つからなかった。死体の周りには緑色に輝く破片が散らばっている。これは、床の間に飾ってあったギヤマンの壺が割れた残骸だろう。

(されば、これで犯行の時刻を絞ることができる)

と、清之介は考えた。

夜四つ(午後十時頃)の鐘が鳴った直後に聞こえた「畜生っ!」という叫び声は、兼八が断末魔に上げたものと思われる。そしてそれに続く何かが割れたような音は、兼八が絶命して倒れ、ギヤマンの壺を割ってしまった時のものだろう。すなわち、下手人が兼八を刺したのはちょうど夜四つか、そのわずかばかり後ということだ。

さらに屋外を調べてみると、離れの周りの雪面には朝になって庄次が離れを往復した時の足跡が一組残っているだけだった。下手人が付けたと思しきものは見当たらないので、下手人は犯行後雪が止む前に離れから立ち去ったことになる。

外部からの侵入者の仕業という可能性もなくはないが、普通に考えれば昨夜母屋にいた庄次夫妻と二人の泊り客の中に下手人はいるはずだ。夜四つの前後に何をしていたか、連中の昨夜の動きを直ちに探り出す必要がある。

まず手始めに、清之介は庄次を尋問することにした。ところが庄次はどうしたわけか清之介の顔を見ると怯《おび》えるばかりで、頑なに口を開こうとしない。内藤新宿を縄張りとする岡っ引の弥五郎《やごろう》が知らせを聞いてちょうどやって来たので、やむなく清之介は庄次を弥五郎に任せることにした。

「どうにも頓珍漢《とんちんかん》なことを言ってやがるんですが」

首を捻りながら弥五郎は戻ってくると、庄次の供述を清之介に伝えた。

昨夜雪が止んだのは五つ半（午後九時頃）少し前だった。庄次は夕食の後片づけで食器の洗い物をしていたのだが、その間連子窓から見るともなしに外を見ていた。雪が止んで間もなく五つ半の鐘が聞こえてきたので、

「やれやれ、やっと止んだか。明日の雪かきが難儀だな」

とぼやいたのを、やはり隣で一緒に洗い物をしていた女房のおまちがはっきりと記憶していた。洗い物を終えた後、そのまま厨房で庄次はおまちとともに晩酌を始めた。

夜四つの鐘が鳴った直後に、離れの方から兼八の叫び声、続いて何かが割れるような音が聞

こえてきた。しかし庄次は、

「構わねえ。どうせまた酔っ払ってるだけだ、放っておけ」

と言っただけだった。

「壺が割れたみたいな音がしたけど」

「ありゃあ、付き合いであの人に買わされた二束三文の紛《まが》い物だ。壊れたところで構いやしないさ」

庄次はその場を動こうとはせず、晩酌を続けた。

「妙だな。様子を見に行くぐらいはしようとは思わなかったのか」

不審に感じて弥五郎がそう問うと、庄次は顔を顰《しか》めて、

「実は前にも同じようなことがありまして、様子を見に行ったらひどい目に遭ったんですよ」

兼八はたいそう酒癖が悪く、いきなり顎を殴りつけられた庄次は一月近くも痛みが引かずに難儀したのだった。

「雪が止んだのは確かに五つ半なのだな」

弥五郎は庄次に何度も念を押したのだが、

「はい、間違いありません」

と、答えに変わりはなかった。

(馬鹿な)

弥五郎の報告を受けた清之介は愕然となった。兼八は夜四つまで確実に生きていた。叫び声

と壺が割れた音が何よりの証左だ。兼八が殺害されたのは夜四つより前ではあり得ない。だがそうであるなら、もう雪は止んでいたのに下手人はどうやって足跡を残さずに離れから脱出できたのか。離れから母屋までは最も近いところでも五間（約九・一メートル）ほどある。飛び越すことなど不可能だ。

加うるに、出入り口の戸には内側から心張棒が支《か》ってあった。下手人は屋外に逃げた後、いかにして外側から心張棒を掛けることができたのだろう。

自死だろうか？　そうであれば、足跡がないことも心張棒の問題も直ちに解決する。いや、それは考えられない。自死なら凶器は現場に残っているはずだが、兼八の死体に刺さっていなかったのはもちろん、離れのどこからも発見されていない。また、翌日仕入れのため甲州に向かうにもかかわらず、その途中の宿でにわかに自死を決意するというのも不自然だ。商いはすこぶる順調と語った時の自信に満ちた様子から考えても、その可能性は皆無と断定して差し支えあるまい。

庄次が清之介を下手人と決めつけた理由を、清之介はようやく理解した。現場のすべての状況が、犯行が可能だったのは清之介ただ一人であることを示していた。下手人が離れの外に逃げ出していなければ、雪面に足跡が残らなくて当然である。また、心張棒は内側からしか支うことができないが、被害者の兼八を除けば屋内には清之介のみしかいなかったのだ。

下手人が何らかのからくりを弄して清之介に罪を被せようとしたに違いないが、それがいかなるものなのか今のところ皆式《かいしき》見当がつかない。そこで清之介はこの謎の解明はとりあえず棚上げにして、残った二人の宿泊客の訊問を行うことにした。

清之介はまず初めにおふさの部屋を訪ねた。

「夕食の終わった後、お主は何をしていた」

「気分が優れませんでしたので、この部屋ですぐ横になって休みました。その後は、厠《かわや》に立った以外は朝までここから一歩も出ておりません」

「その証しはあるのか」

「どなたとも顔を合わせませんでしたから、証しと仰られましても……」

確かにそれはそのとおりだろう。清之介は質問の矛先を変えた。

「お主はなぜ兼八を尾行していたのだ」

「え？ いったい何を――」

「誤魔化しても無駄だぞ。お主が兼八をつけて茶屋からここに来るまでの一部始終を俺は見ていたのだ」

「恐れ入りました。申し訳ございません」

声を震わせながらおふさは平伏した。

「何が目的だったのだ」

「実は私の父は古物を商っていたのですが、百助に騙されて大量の贋物を仕入れてしまいました。そのため廃業を余儀なくされ、莫大な借財を負う羽目になりました。父は首を縊《くく》り、一家は離散の憂き目に遭ったのです」

「さぞや恨みは深かったであろうな」

「以来私は太神楽の傍《かたわ》ら暇を見つけては百助を探し続けておりましたが、名や身過《みす》ぎを変えてしまったようで、いっかな成果は上がりませんでした。ところが天助とはまさにこのことでしょうか、昨日あの茶屋で一休みしていると偶然にも百助が戸田様と立ち話をしている場面に出くわしたのです。容貌は相当に変わっておりましたが、あの額の三日月傷は見紛いようがありませぬ。何としても逃してはならぬと、大急ぎで後を追ったわけでございます」

「そしてついに父の仇《かたき》を討ったというわけだな」

「お待ち下さいませ。戸田様は誤解なさっておられます」

惣左衛門流に清之介がぴしりと決めつけると、おふさは懸命に抗弁した。

「心底から侘びを入れて、私たちに負わせた借財をすべて弁済すると約束するのであればあの男を許してやろう、私はそう思っておりました」

「さて、どうだかな。もし兼八が拒絶したらどうするつもりだったのだ」

「その時には自分の手を汚すことになっても構わない。正直に申し上げれば、そう決意しておりました。ですが、それだからこそ昨晩は兼八との対決をあきらめたのです」

「どういうことだ」

「離れにいたのが兼八一人ではなかったからです。町奉行所同心の戸田様がすぐ側にいらっしゃるのに、兼八を殺《あや》めるような真似などできるはずがありません。それで、またの機会を待つこととしたのです」

「ふーむ」

清之介は唸った。確かに尤もな言い分である。好んでそんな危険を冒す者がいるはずはない。

「持ち物を検《あらた》めさせてもらうぞ」

言葉に詰まった清之介がそう切り出した時、

「あっ」

と、突然おふさが声を上げた。清之介は鋭い声で、

「何だ、見られて困る物でも持っておるのか」

「いえ、違います。どうぞ御存分にお願いいたします」

清之介はおふさの荷を入念に調べたが、凶器となり得るような刃物の類は何も見つからなかった。しかし、犯行後凶器は雪原のどこにでも容易に埋めてしまえるのだから、何ら無実の証左にはならない。

「仲間に追いつかねばならんと昨夜言っておったが、しばしの間江戸を離れることはまかりならん。内藤新宿の何処《いずこ》か、できればこの宿に留まってもらうぞ」

「はい、仕方ございません。承知いたしました」

おふさは溜息をつくと、ぽつりと呟くように、

「右も左も分かりませぬ……」

「何？」

途端におふさは狼狽した色になって、

「いえ、元々私の生国は相模《さがみ》の国で、常に全国を回る旅を続けておりますから江戸の地理には不案内でございます。右も左も分かりませぬので、どこそこの宿でなければ嫌だなどという希望はないと申し上げたかっただけでございます」

念のため弥五郎の手下をおふさの見張りに廊下に立たせてから、清之介は続いて利平の部屋に足を運んだ。利平の申し立てはおふさのそれと大同小異で、自室に引き取った後はすっかり眠り込んでいたので事件については何一つ知らないと主張した。

ところが清之介が、

「お主が兼八の後をつけていたことを俺が知らぬとでも思っているのか」

と脅しをかけると、利平はたちまち恐れ入って、

「実を申しますと――」

と、驚くべきことを白状し始めた。利平はかつて兼八を襲った古物商の房之助の息子だと言うのだ。

若狭屋の手代と言うのはその場の口から出まかせで、ここ幾年も利平は定職に就くのは断念して百助の行方をずっと追い続けてきた。数日前に、百助は兼八と名を変え、小間物屋に転じて頻繁に甲州と江戸を行き来しているという噂を耳にした。

そこで内藤新宿で待ち構えていると、果たせるかな昨日兼八の姿をついに発見した。ここで会ったが百年目と兼八を尾行して、亀屋に投宿したというのである。

「お主の顔に見覚えがあるような気がしたのは、房之助の子だからか」

一方利平の方もかつて父の邪魔をした少年のことを覚えていて、それがこの清之介だと気づいたので落ち着かぬ素振りを見せていたのだろう。だがそうなると、利平は兼八に怨恨を抱いていただけではなく、清之介に対しても動機を有していたことになる。清之介が兼八の助けに入りさえしなければ、房之助は本懐を遂げられていたからだ。

「お主の父は確か八丈島《はちじょうじま》への流罪に処せられたのであったな」

「はい、水が合わなかったためか、流された三年後に病で亡くなりました」

房之助はおそらく最期の一瞬まで怨嗟の声を上げ続けていたことだろう。利平は父が無念の客死を余儀なくされたのは清之介のせいだと逆恨みし、清之介をも陥れようと画策したのではないか。

そう考えれば、なぜ定町廻り同心がすぐ側にいたのに下手人は犯行に及んだのかという疑問は容易に氷解する。利平は兼八を亡き者にすると同時に、清之介にその嫌疑を掛けてやろうと一石二鳥を狙ったのだ。清之介がすぐ側にいてくれて、利平にはむしろ好都合だったのだ。

「と、とんでもないことでございます」

清之介の弾劾の言葉を、利平は必死の形相で否定した。

「有り体に申し上げまして、父の遺志を継いで兼八をこの手で始末してやりたいと考えていたことは事実です。ですが、以前父が兼八を襲った時には戸田様に阻止されました。今回はまたとない千載一遇の好機だというのに、またもや邪魔が入っては敵いません。それゆえ昨夜は見送ることにして、他日を期そうと考えたのです」

「うむ……」

筋の通った言い分である。凶行の間ずっと清之介が熟睡してくれている保証などどこにもない。清之介がいつ目を覚まして妨害しにやって来るか、下手人には分かりようがないのだ。決行を延期するのが当然の判断だろうと清之介は首肯せざるを得なかったが、同時にふと思いついたことがあった。待てよ、二人が顔を合わせたのは昨日が初めてだったのだろうか。

「実はおふさも兼八を親の仇と狙っていた。お主は志を同じくする者として、おふさのことを以前から知っておったのであろう」

「いえ、まったく存じませんでした。そうですか、おふささんも兼八を……」

「だが、ここには二人で相前後してやって来たではないか」

「連れだっていたわけではありません。確かにあの時、前を歩く女の動きが妙だなと思いはしました。もしや目的は同じなのだろうかとも考えましたが、これでようやく宿願が果たせると気が昂《たかぶ》っておりましたのでさほど気に留めませんでした」

清之介は利平の荷を検めたが、やはり不審な物は何も所持していなかった。おふさと同じくこの宿から他出してはならぬと釘を刺すと、

「誰がしてくれたことかは知りませんが、兼八の奴が死んだからにはもう当てのない旅を続ける必要もなくなりました。ええ、何日でもここに留まって構いませんよ」

利平は何の異議も唱えることなく、すぐに承諾した。

「──今のところ調べ上げたのはこんなところなのですが」

清之介は探索の経過を菊池に注進しつつ、心中は暗然《あんぜん》と打ち沈んでいた。

自分以外に兼八を殺害し得た者はいない。よもや本当に己が仕出かしたことなのだろうか。睡眠中であるにもかかわらずまるで目覚めたかのように起き上がり、ふらふらと辺りを歩き回る。そんな病があると聞いた覚えがあるが……

＊　＊　＊

「確かにお主の言うとおりだな」

菊池は苦虫を嚙み潰したような顔をしながら、現場をぐるりと見回した。

「お主が夢うつつのうちに手を下したという以外の答えが見つからん」

「菊池様、お戯《たわむ》れを」

「そもそも勝手な単独行動を取るから、こんな羽目になるのだ。生駒屋の一件で懲りたばかりであろう」

「申し訳ございません。ですが、その、それゆえに――」

「言い訳無用」

ぴしゃりとはねつけるように菊池は言った。だが、むしろあの苦い経験があったからこそ名誉挽回のため血気に逸ってしまった清之介の心情が理解できたのだろう、それ以上叱責しようとはしなかった。

菊池は兼八の死体の傍らに屈みこんだ。死体は仰向けになって、床の間に上半身を投げ出すようにして横たわっていた。血で赤く染まった褞袍と小袖をはだけると、左胸の真ん中に匕首によるものと思しき傷口がぱくりと開いている。

「心の臓を一突きか……」

その傷口のすぐ近くにもう一つ刺創があった。だが、完全に塞がっていて出血はなく、沈着した色から見て明らかに昨晩付けられたものではない。

「こちらは、以前英吉利商人に刺されたという古傷でしょう。であれば、下手人はただの一撃で兼八を仕留めたということになります。相当の手練《てだ》れと考えられますから、少なくとも女の仕業ではないのではないでしょうか」

「いや、そうとは決めつけられんぞ。兼八はしたたかに酔っていたから、女が相手でもろくに抵抗できなかったろう。それとも色仕掛けを用いられ、無警戒になったところでいきなり不意を突かれたのかもしれん」

死体の下にはばらばらになったギヤマンの壺の破片が散らばっている。

「兼八が刺されて床の間に倒れた時に壺を壊したとしか思えん。破片が死体の上に散らばっているのであれば、話は違ってくるのだが」

「どういうことでございますか」

「まだ雪が降っている間に兼八を殺して逃げ、四つになってから何らかのからくりを用いて壺を割ったのではないかと思ったのだが……そうすれば、犯行の刻限を四つと誤認させることができるからな」

「壺の破片が死体の下敷きになっているのでは、壺が後から割れたということはあり得ないというわけですね」

「ああ、そうだ。それから、兼八の叫び声も我らを欺かんとする仕掛けかもしれぬと考えたのだが、これも無理のようだ」

「下手人が兼八の声色を使ったということですか」

「うむ、兼八はとうに死んでいたのに、四つに殺されたように見せかけるためにな。だがそうなると下手人は四つまでこの部屋にいなければならなくなり、足跡が残っていないことの説明がつかん」

菊池は出入り口の周辺を調べ始めた。心張棒を手に取って矯《た》めつ眇《すが》めつしてから、

「特に何か細工した跡はないようだな」

続いて引き戸を幾度か開け閉めして建付けを調べていたが、しばしの後首を横に振った。

「糸が通るような隙間もないな」

「糸、ですか？」

「ああ、下手人は糸を使って細工をしたのではないかと思ってな。下手人は兼八を殺害した後、離れを出る時に心張棒に長い糸を結びつけておいた。そして、その糸を母屋から操って心張棒を戸に支ったのだ。この方法であれば戸の外側から、それどころか母屋にいながらにして離れを密閉された状態にすることができる」

「そうです、それに違いありませぬ！」

「たわけ、そんな形跡や隙間はないと申したばかりであろうが。おまけに、この離れと母屋は五間近くも離れておるのだぞ。そんなに遠くから上手い具合に糸を操って、びくともしないくらいしっかりと心張棒をはめる芸当などできるものか」

「確かに……」

「万々が一そんな真似ができたとしても、足跡の問題は解決できん。下手人はいかにして雪面に足跡を残さずに母屋まで戻れたのだ？　兼八が殺されたのは雪が止んだ後の四つなのだから、母屋に帰ってくる時に足跡を付けぬわけにはいかんだろうが」

「では、やはり雪が降っている最中に戻って来たのでは？」

「それでは四つに兼八を殺めることができぬではないか。雪は五つ半には止んでいたのだぞ」

話は堂々巡りで一向に前に進まない。

「とりあえず主人夫婦と泊り客の二人に話を聞くこととしよう」

庄次は菊池が相手であれば、清之介が同席していても素直に調べに応じた。だが、供述の中身は弥五郎の時と何ら変わらなかった。

「兼八さんを殺める理由なんぞ、あっしにはまるでありません」

庄次はそう主張した。そして、むしろ金離れの良い上客の常連を失ったのは痛手だし、この一件で悪い評判が立って客足が遠のいたらどうしたものかと繰り返し不安を訴えた。

おふさと利平の二人にも改めて訊問を行ったが、先ほどと同じ話を繰り返すだけで得るものは何もなかった。

「兼八は随分と大勢から恨みを買っていたようだから、外部から侵入したと考えられなくもないが、やはりあまりに牽強付会《けんきょうふかい》だろう」

菊池は首を傾げながら言った。

「となれば、下手人たり得るのは、庄次とおまち、利平、おふさの四人だ。だがそうすると、一つ解せぬことが出てくる」

「何でございますか」

「お主も申しておったが、なぜわざわざ事件を昨夜に起こさなければならなかったのか、という疑問だ。いかに頼りなさそうに見えても、一応お主も定町廻り同心であることに違いはない」

「はあ。一応、でございますか」

清之介は力のない声で応じる。

「やはり町奉行所の同心がすぐ側にいる時にわざわざ犯行に及ぶような真似は、本来ならば避けたいはずだ。あまりに危険すぎる。にもかかわらず、あえて実行に移したからには相当に切迫した理由があったはずだ。

その点から考えれば、まず庄次夫婦は外してもよかろう。ここは兼八の定宿なのだからな」

「昨夜でなくとも、今度泊りに来る時に延期できるからですね」

「そうだ。次の機会がいくらでもあったはずだ。残るは利平とおふさだが」

「兼八は翌日は甲州に行くと申しておりました。そうか、下手人は兼八が江戸にいるうちに片を付けてしまいたかった、つまり江戸を離れることはできなかったということではないでしょうか」

「悪くない着眼だ。しかしおふさは旅芸人だから、女であっても全国どこでも自由に経《へ》めぐることができる。利平は定職にも就かずに兼八の追跡に専心していた。つまり二人とも江戸を離れられぬ理由などなく、いくらでも時を費やして後を追い、好機を窺うことができたはずだ」

「ですが、そうなると四人とも除外されてしまいます」

「となれば、やはりお主の仕業だな」

「菊池様！」

「冗談だ。自分以外に下手人があり得ない方法で、わざわざ兼八を殺めるわけもあるまい。自分を捕まえてくれと言っているようなものだからな。しかしながら」

そこで菊池は口を尖らせて、清之介に言い渡した。

「然《さ》らぬ体でけろりと出仕を続けるというわけにもいくまい。しばらく自宅で謹慎しておれ」

＊＊＊

「……といったわけで、真に由々しき苦境に陥って――どうかなさいましたか」

思わず清之介は眉を顰《ひそ》めていた。お糸がうっすらと笑みを浮かべているように見えたのだ。

「申し訳ございません。父子揃って似たような事件に巻き込まれるものだと、つい」

「は？」

「いえ、何でもございません。ご放念くださいませ」

そこでお糸は形を改めると、

「それにしても、掛かりが兼八様持ちだからという理由で亀屋に宿泊することに決めたのは少少軽率でございましたね」

「汗顔の至りです」

消え入るような声で清之介は答えた。お糸はしばしの沈黙の後、語調を和らげて、

「では、菊池様は正式なお沙汰として下知なさったわけではないのですね」

「はい。表向きは病を得たということになっております」

「それは重畳。懸命な御判断でした。菊池様のお名前に傷が付かずに済みました」

お糸の過去形を用いた言い回しが清之介は気になって、

「もしやもう目串《めぐし》をおつけになられたのですか」

「はい、大方は」

清之介は仰天した。生駒屋の一件でお糸がいかに秀でた眼力や智慧を持っているかは承知しているつもりだったが、一渡りあらましを聞いただけでもうこの難問の真相を見抜いたと言うのだろうか。清之介は声を裏返らせながら、

「い、いったい下手人はいかなるからくりを用いたのですか？」

「単純な話でございます」

お糸は事もなげな口振りで言った。

「下手人が兼八様を刺して逃げ去ったのは雪が止む前で、兼八様が亡くなられたのは四つであれば、すべての説明がつきます」

「心の臓を貫かれて半刻も生きていられるはずがありません」

「ええ、本当に心の臓を貫かれていたのであれば」

「本当に、とは?」

清之介は首を傾げた。あれほどはっきりとした刺傷があったのに、いったいお糸は何を言い出したのだろう。

「兼八様の御遺体には、今回のものの他にも傷痕があったと仰いましたね」

「はい、すぐ近くにもう一つ付いていました。ですが、相当前の古傷であることは明らかです。英吉利商人に襲われた時のものでしょう」

「不可思議とは思われませんか」

「不可思議、ですか……」

お糸の問いの意味が皆目わからない。

「今回の傷のすぐ近くであるのならば、その古傷も心の臓の位置に付いていることになります。兼八様はサーベルで胸を刺し貫かれたというお話でしたね。サーベルという西洋の剣がいかほどの太さかは存じませぬが、いかに細かったとしても心の臓を刺し貫かれてなお生きていられる人はおりませぬでしょう」

呆気にとられた清之介は、あんぐりと口を開けた。確かにお糸の言うとおりだ。だがその時兼八は重傷は負ったものの、命を取り留めている。あり得ない話ではないか。

「では、なぜに兼八は助かったのでしょう」

「考えられる答えはただ一つ。兼八様の心の臓は左胸ではなく右胸、つまり体の右側にあったのです」

「えっ……そんな者がおるのですか」

通常心臓は胸郭の左に位置するが、これが正常とは反対の位置、つまり右側にある状態を右胸心《きょうしん》という。発生頻度は一説に約一万人に一人の割合であるから、清之介や菊池が右胸心のことを知らなかったのも無理はない。

「はい。以前吉原にいた頃そうした殿方が馴染みの中に――いえ、そうした殿方をお見かけする機会がございましたので、たまたま心得ているだけなのですが」

「しかし、下手人はそんな兼八の特質を知る由もなかったわけですね」

「ええ、おそらく兼八様はそのことを周囲には漏らしてはいなかったと思われますから、せいぜい親兄弟の方がご存じだったくらいのはずです。――では、その夜どのように事件が推移したのか、順を追って見ることにいたしましょう。

夕食が終わった後、雪の降りしきる中を下手人は離れへと向かいました。後ほどご説明いたしますが、たとえ隣室に清之介様がいようとも、その夜のうちに是が非でも片を付けなければならない理由が下手人にはあったからです。

最初から下手人に兼八様殺害の意図があったのかは不明です。しかし、下手人の非難の言葉に兼八様は何ら謝罪や反省の色を見せなかったので、下手人は凶行を決意したのでしょう。あるいは兼八様が正体なく眠り込んでいるのを見て、千載一遇の好機とばかりにいきなり襲いかかったのかもしれません。

兼八様の体の秘密を露も知らない下手人は、当然のことながら左胸を刺しました。倒れ伏した兼八様は微動だにしませんでしたが、心の臓を刺されたわけではありません。重傷ではあったものの直ちに絶命にまでは至らず、気を失っただけでした。ところが下手人は兼八様が即死したと思い込み、満足してそのまま立ち去ってしまったのです」

「その時もまだ雪は降り続いていたわけですね。であれば、もちろん足跡が残るはずがない」

「そのとおりです。そして雪が降り止んでしばらく後、四つになった頃に兼八様は我に返りました。助かったのだと安堵したのもつかの間、自分が本当に死んだのか確かめるために下手人が戻ってくる可能性に思い至り、兼八様は恐怖に駆られます。そのため、瀕死に近い状態ではあったもののまだ辛うじて動くことはできたので、兼八様は蹌踉《そうろう》としつつも出入り口まで辿り着き、下手人が再び侵入して来ないように心張棒を支ったのです」

「兼八が自分でしたことだったのですか！」

屋内にいた兼八ならば内側から心張棒を戸に支うことができる。あまりに当然の話だ。

「傷口からの出血は褞袍の綿が大方吸っていたので、血が廊下に垂れて痕跡が残ることはありませんでした。その後兼八様は何とか部屋まで戻りましたが、最早命数《めいすう》は尽きようとしていました。以前英吉利商人に同じ場所を刺された時には生き延びることができましたが、今回は駄目でした。病を患ってかつてより体力が落ちていたうえに、雪の降る寒夜に手当も受けられず放置されていたためです。

兼八様は己の死が目睫《もくしょう》に迫っていることを悟り、『畜生っ！』と悲憤の声を発したところで力尽きました。床の間に倒れ込み、その拍子にギヤマンの壺が割れました。ですから、兼八様が亡くなったのは確かに四つで間違いなかったのです」

「何とも驚き入ります」

下手人は何の細工もしたわけではなかった。すべては偶然がなせる業だったのだ。

「こうした結果はすべて下手人の想定外のことでした。自分はただあいつを刺して逃げただけなのに、なぜこんなことに――思わぬ成り行きに、下手人はさぞや困惑したことでしょう。

下手人は懸命に頭をしぼり続け、自分が大きな勘違いをしていたこと、その結果この不可解極まりない状況が生み出されてしまったことにようやく気づきました。そのため、清之介様が目の前にいるにもかかわらず、我知らず胸中を言い漏らしてしまいました――『右も左も分かりませぬ』と」

「下手人はおふさだったのですか！　するとあの言葉は」

「はい。江戸の地理は不案内だという意味だとおふささんは説明しましたが、もちろん単なる言い訳に過ぎません。兼八の心の臓が右にあることなど知らなかった、分かりようもなかったという嘆声だったのです」

「荷検めの前に出し抜けに声を上げたのはそのせいだったのか」

「おふささんが下手人と分かれば、何としてもその夜犯行に及ばなければならなかった理由も容易に推察できます。兼八様は翌日中にできれば小原宿まで行きたいと仰っていました。甲州道中で小原宿までの途中にあるものと言えば何でございましょうか」

「小仏の関所……そうか、関所手形だ」

江戸を出発した女性が関所を通行する際には、往来手形（身分証明書兼旅行許可証に当たる）とは別に、幕府留守居役発行の関所手形（女手形とも言う）が必須である。関所手形には身元、旅の目的、容姿などが細かく記載されており、合致しない場合には関所を通過することはできない。一方、男性は関所手形が不要であった。『入鉄炮に出女』と呼ばれる幕府の大名統制策に基づく措置である。

「おふささんは夕食の席で、兼八様が翌日には小仏の関を越えてしまうかもしれないことを知りました。おそらくおふささんも何の生業も持たずに兼八様の探索を続けていたのでしょうが、関所越えなど予定にありませんでしたので、女手形は持っていなかったのです。

その日思いもかけぬ僥倖《ぎょうこう》に恵まれて兼八様と偶然に出会えたおふささんでしたが、当然のこと普段の居所がどこかは知りません。関所の向こうに逃げられてはそれ以上追跡することができなくなり、おそらく二度と会うことは叶わないでしょう。復讐の機会は永遠に失われてしまいます。

今夜やるしかない。清之介様がすぐ側にいるという危険に目をつぶって、おふささんがそう決意したのは、このためでした」

「ですが、太神楽の一員であれば関所手形なしでも通れるのではないですか」

太神楽、講釈師、義太夫師などの芸人たちは関所手形が不要であった。関所の役人に何か芸を見せて自分が芸人であることを証明できれば、それが関所手形の代わりの身分証明となって関所を通過することができたのである。

「もちろん、それは真っ赤な嘘でした。食事をとっていた部屋の壁には笠や蓑とともに傘が掛かっていました。生業は何かと兼八様に訊かれたおふささんは、たまさか傘が目に入ったので、咄嗟《とっさ》の思いつきでそう言ったのです」

「なぜそんな偽りを申し立てる必要があったのですか」

「自分は芸人である、すなわち関所を自由に通れる立場にあるのだと清之介様たちに印象づけなければならなかったからです。そうしておかないと、後でなぜ下手人は犯行を急ぐ必要があったのか問題になった場合に、兼八様が関所を越える前でなければならなかった、すなわち下手人は関所手形がなければ関所を通過できない立場の者、つまりは女性であるおふささんだと容易に推測できてしまうからです」

「では、傘を回すように兼八にいくら頼まれても頑なに拒否したのは」

「もちろん傘を回す芸などできないからです」

「まったくもって感服いたしました」

清之介はそうお糸の慧眼《けいがん》を賞賛したが、感服ばかりしてはいられない。寸刻も早く菊池に真相を伝えなければ。

矢も盾もたまらなくなった清之介は、やにわに立ち上がった。

「お呼び立てしておきながら席を外すのは真に失礼とは存じますが、事は急を要します。確か菊池様は今日は非番のはず。直ちにお知らせして参ります」

そう叫ぶや否や、清之介は脱兎のごとく部屋を飛び出した。その背中をお糸は微笑を浮かべながら穏やかな眼差しで見送った。

町奉行所の与力や同心は八丁堀の組屋敷に集住しており、菊池家の屋敷まではわずか二十間足らずの距離である。一足飛びに菊池家に駆けつけ、門を潜ったところで一人の女性と出合い頭にぶつかりそうになった。

「これは失礼した」

「あら、清之介様」

面食らった色を見せたのは、菊池の娘、加絵である。

「病で臥《ふ》せっておられるとお伺いしましたが、お具合はもうよろしいのですか」

「ええ」

加絵に詳細を説明する暇も必要もない。清之介は口早に、

「父君はご在宅でおられるか」

「はい。ですが、おそらく午睡中かと――」

「菊池様！」

加絵の返事を皆まで聞かず、清之介はそう叫びながら再び走り出したが、途端に敷石に躓《つまず》いてしまった。

「うわっ！」

清之介は瞬時に六方を踏むような恰好をとり、転倒寸前で辛うじて体勢を立て直した。安堵の吐息が漏れたが、その刹那背後から加絵の強い視線が注がれているのを感じた。

（無様なところを見せてしまった）

焦った清之介はその姿勢を保ったまま、首だけ後方に振り向けた。目を大きく見開き、見得《みえ》を切る歌舞伎役者のように加絵をぐっと睨みつける。

加絵は口を閉ざしたまま、啞然とした表情でその場に立ち尽くしていた。清之介は照れ隠しのために歌舞伎役者を真似てわざと戯《ふざ》けてみたつもりだったのだが、まったくの逆効果だったようだ。まるで二人の周囲だけ空気が一瞬で凍りついたような気まずさだった。

あまりの決まりの悪さに耐えられなくなった清之介は、

「ご免！」

と一言だけ言い置いて、玄関の中に飛び込んだ。加絵は目を丸くして清之介の背を見送っていたが、

「とんだ栃麵棒《とちめんぼう》のお方」

清之介の慌てぶりがよほどおかしかったのだろう、しばしの間加絵は鈴を転がすように澄ん

だ声でくすくすと笑い続けていた。

加絵の立つすぐ脇には大きな木蓮《もくれん》が植えられており、鮮やかな赤紫色の花が澄み渡った青空に映えている。今まさにどこからか飛んできた鶯《うぐいす》が高い枝に止まり、美しい鳴き声を庭中に響かせ始めた。

天狗松

「いやはや、何とも参りました」

北町奉行所定町廻り同心戸田清之介は、頭を掻きながら愚痴をこぼした。

「青吉《あおきち》は天狗の末裔《まつえい》だ、いや天狗に攫《さら》われたに違いないなどと読売は大騒ぎ。怒髪《どはつ》天を衝くといった形相の浜口《はまぐち》様からは、どうせ居眠りでもしておったのだろうとあらぬ疑いをかけられる始末。まったくもって閉口いたしました」

「それは災難でございましたね」

清之介の向かいに座した継母のお糸は、口元に微笑を浮かべながら答えた。

今年の残暑はすこぶる厳しかったが、季節は着実に歩みを進めている。座敷いっぱいに満ちた日差しも、吹き抜けていく風ももはや秋のものだ。中庭には、父の惣左衛門が丹精込めて手入れをしているのだろう、鶏頭や秋明菊など色とりどりの花が数多《あまた》咲き誇っている。

清之介は江戸の外れ、橋場《はしば》にある父の隠居宅を訪れていた。生憎《あいにく》と惣左衛門は不在のため――と言うより、実のところ清之介は父の不在の時を狙ってやって来たのだが――お糸が清之介に応接している。傍《はた》からは母子が長閑《のどか》に茶飲み話でもしているように見えるが、その実二人が交わす話は穏やかならざる内容であった。

「そしてその青吉が、短銃を所持していたにもかかわらず匕首《あいくち》で刺し殺されてしまったのです。

青吉が手にしていた得物は刀、それも竹光《たけみつ》でした」

「懐に短銃を入れていたのに」

と尋ねながら、お糸は小首を傾げた。

「それを使用することなく、竹光を振るって襲撃者に立ち向かったというのですか」

「はい、何とも不可解なことなのですが、そうとしか考えられないのです」

清之介も腕組みをしつつ、首を捻った。

「一つお聞き下さいますでしょうか。あれは六日前の朝のことだったのですが――」

＊　＊　＊

八朔《はっさく》（八月一日）を数日後に控えたある朝、清之介は出仕するや否や与力の浜口茂之進《しげのしん》からの呼び出しを受けた。

（かように朝早くからいったい何だろう）

そう訝《いぶか》りながら清之介が与力番所に向かうと、そこには浜口の他に、同じく定町廻り同心の西村孫太夫《にしむらまごだゆう》が既に着座していた。

「お主らは下谷《したや》に住まう青吉という名の地回りを知っておるか？」

浜口の問いかけに対して西村は、

「いえ、存じませぬ」

と答え、清之介も首を横に振った。

「青吉はあの近辺では札付きの鼻摘者《はなつまみもの》として知られておる。先月博打《ばくち》で負けた際にいかさまのせいで負けたと難癖をつけて壺振りなど三名を殺害した後、賭け金二十両余りを強奪して姿を晦《くら》ましておったのだ」

ところが今朝、北町奉行所に一つの急報がもたらされた。目黒《めぐろ》の高台に厳光寺《げんこうじ》という廃寺があるのだが、数日前からその境内に無断で寝泊まりしている男がおり、その人相風体が青吉と酷似しているというのだ。

「いささか厄介なことになりましたな」

西村が顔を顰《しか》めながら言った。

寺社に関する一切の事項は、寺社奉行が管轄している。下手人であることがどれほど明白であっても、境内社域に逃げ込んだ者に対して町奉行所は毫《ごう》も手出しができないのだ。青吉を捕縛するためには、寺社奉行の手を借りなければならない。

「うむ、だが先ほど寺社奉行の松平左衛門尉《まつだいらさえもんのじょう》様に早速使いを出した。手筈が整い次第、直ちに配下を厳光寺に向かわせるとのお答えを頂戴している。そこで、お主ら両名を呼んだ理由だが」

浜口は扇子で二人の顔を差しつつ、

「連中の後詰《ごづめ》を務めてもらいたいのだ。今日非番でない者の中で最も剣の腕が立つのはお主らだからな」

「承知仕《つかまつ》りました」

清之介は即答した。直に手を下せない以上、町奉行所の者は境内の外から助勢するより他ない。おそらく実際には出番がないであろう物足りぬ役回りだが、無味乾燥な書類仕事よりははるかにましである。

「心得ましてございます」

渋々ながらといった表情で西村が頷いた。ただの後詰では役不足に感じて不本意なのだろうか。

朝五つ半（午前九時頃）過ぎ、清之介と西村は北町奉行所を出立した。寺社奉行所の捕方《とりかた》たちとは現地で落ち合うことになっている。

「まったく勘弁してほしいものだな」

道すがら西村はしきりにぼやいた。

「この暑さは老体には応える」

（珍しいな）

清之介は西村の言葉を意外に感じた。西村は北町奉行所の中でも、ことに謹厳実直《きんげんじっちょく》な人柄で知られている。いかに困難かつ煩瑣《はんさ》な職務であろうと愚痴一つこぼさず黙々と精励恪勤《せいれいかっきん》し、清之介のような新米を指導する際に「西村殿を手本にして励めよ」と引き合いに出されるほどであった。だが清之介は、

（無理もないか）

と、すぐに思い直した。確かにもうすぐ八月になろうというのに一方《ひとかた》ならぬ暑さが続いているし、目黒までは一里半もの道程である。五十歳を過ぎた西村にとっては、随分と難事なのかもしれない。五十歳と言えば隠居していても不思議ではない年齢だが、遅くにできた長男がまだ元服していないため家督を継がせられないのだ。

「拙者一人では心もとなく存じます。西村様はかつて戸塚《とつか》道場の麒麟《きりん》児との異名をとられたほどの達人、西村様に同道していただければ百人力というものでございます」

西村を鼓舞しようと清之介はそう言ったが、

「いやいや、今のわしなんぞ何の役にも立たんのだがな」

なおも渋い顔をして西村は呟いていた。

＊　＊　＊

目黒には朝四つ半（午前十一時頃）過ぎに到着した。厳光寺は細川越中守《ほそかわえっちゅうのかみ》や柳生但馬守《やぎゅうたじまのかみ》の下屋敷を見下ろす高台に建っており、境内に上るには男坂と女坂という二つの参道がある。男坂の途中には天狗松という大木があり、天狗が住んでいて通りかかった参詣人を攫ってしまうという伝説が残っていた。

清之介と西村が男坂の入り口で待機していると、ほどなく松平家の一行十数名が到着した。みな刺又《さすまた》や突棒《つくぼう》などで武装しており、物々しい雰囲気である。小検使を務める長身で色白の武士は、鎌田《かまた》甚八郎《じんぱちろう》と名乗った。

「では、お頼み申し上げます」

そう言って清之介と西村は鎌田に頭を下げると、鎌田らが男坂を上って厳光寺に向かうのを見送った。境内に立ち入ることのできない二人は麓で待機するしかない。下手人を目の前にしていながらどうにも歯がゆいが、それが御定法《ごじょうほう》とあらば致し方ないことだ。

万一鎌田らが青吉を取り逃がした際の抑えとして、清之介が女坂、西村が男坂の入り口で見張りに立つこととなった。

「一人で守らねばならんのか」

不安そうな面立ちで西村が言った。

「何を仰《おっしゃ》いますか。青吉など所詮ただの破落戸《ごろつき》、西村様の敵ではありません」

第一、鎌田らはあれだけの大勢だ。青吉一人を相手によもや不覚を取ることなどあるまい。

(我らの出番はなかろうな)

清之介はそう楽観していた。

西村と別れた清之介は女坂の入り口に移動し、大きな樫《かし》の木が作る木陰の中に佇んだ。扇子を取り出すと、油照りのせいで絶え間なく汗が噴き出てくる額や首筋に勢い良く風を送る。

やがて上方から次々と、

「御用、御用!」

「神妙にせい!」

という大きな掛け声が届いてきた。まもなく片が付くだろうと思ったその時、突然乾いた音が高く鳴り響いた。驚いた清之介は境内の方角を振り仰いだ。

(あれは——)

銃声だ。町奉行所も寺社奉行も、幕府の役人は捕縛の際に銃など携行はしない。とすると、青吉が銃を所持していたことになる。思いもかけぬ事態だった。

境内では怒号や悲鳴が飛び交い、騒然とした雰囲気が清之介の所までひしひしと伝わってくる。そして、なおも数回銃声が続いた後、

「下に逃げたぞ!」

「追え! 逃すな!」

捕方たちが口々に叫ぶ声が聞こえた。青吉が包囲を突破したのだ。

(来るか)

清之介はにわかに緊張を覚えた。厳光寺から逃げる道は男坂か女坂のいずれかしかないから、清之介が青吉と遭遇する確率は二つに一つである。清之介は鯉口を切り、両足を踏ん張って抜刀の構えをとった。幼い頃から剣術の稽古に打ち込んできたが、実際に人を斬った経験は無論ない。清之介の額を汗が幾筋も伝い、口中はからからに乾いていた。

しかし、いつまでたっても青吉はやって来ない。さては男坂の方に向かったか。清之介は失望と安堵とを同時に覚えたが、となれば直ちに西村の加勢に向かわねばならないことに気づいた。

清之介は全力で女坂を駆け上がった。一町ほど進んだところで三叉路にぶつかる。このまま真っすぐ進めば仁王門を経て境内に至るが、清之介は右に曲がって男坂へ突入した。凄まじい勢いで男坂を駆け下りる。だが、いくら走っても青吉には出くわさない。

坂の途中、天狗松の樹下に西村が立っているのが見えた。

「青吉はどうしました?」

息せき切って清之介は尋ねた。しかし西村は驚いたように目を丸くして、

「いや、こちらには来ておらんぞ」

と、首を横に振った。

「女坂の方に下りていったのではなかったのか。お主に加勢しに行かねばと思って、ここまで上がってきたのだが……」

そんな馬鹿な。では、青吉はまだ寺の中にいるのだろうか。清之介は境内の方を見上げた。しかしその時、鎌田らの一団が慌てた様子でどやどやと下りてきて、二人の姿を目にすると、

「青吉は何処《いずこ》に? 逃げられたのですか?」

「いえ、それが——」

清之介は鎌田に経緯を説明した。鎌田は声を荒らげて、

「戯言《ざれごと》を申されますな。境内からはとっくに逃げ出しております。どちらの坂からも下りてこなかったというなら、青吉は煙のように消え失せてしまったことになるではありませんか」

「ですが、そう仰られても……」

するとその時、西村が天狗松を指差しながら、

「鎌田殿、戸田殿。これをご覧あれ」

一本の枝が道の方まで大きく張り出しているのだが、そこに青く染められた手拭いが掛かっている。青吉は自分の名に因《ちな》み、日頃から身の回りの物をすべて青色に統一して自慢していた。

「もしや青吉の手拭いではあるまいか」

西村の指摘に、清之介は困惑した顔を鎌田と見合わせた。天狗に拐《かどわ》かされるという伝説を持つ天狗松。そこに掛けられた青吉の手拭い。そして青吉の姿は何処かへ掻き消えてしまった。よもや天狗が青吉を攫って天高く飛び去ってしまったのだろうか。

すっきりと澄み渡った秋空を見上げながら、清之介は途方に暮れるばかりだった。

＊　＊　＊

中庭に数羽の雀が舞い降り、しきりに地面をついばんでいた。縁側にはどこからかやって来た野良猫が気持ち良さそうに日向ぼっこをしている。お糸は目を細めてその光景を眺めていたが、ようやく語り終えた清之介に視線を戻すと、

「寺社奉行様の捕方にお怪我は」

「足を撃たれた者が一人おりましたが、さほど大きな怪我ではなく命に別状はございません」

「大事に至らず幸いでした……それにしても、青吉のような地回りがどうやって短銃を手に入

れたのでしょうね」

「未だ判明しておりませんが、開国以来舶来の物品が怒濤《どとう》のように我が国に押し寄せております。さして不思議なことではなく、あるいは異人から購入したのかもしれません。しかし、それにしても青吉のようなただの無頼漢が短銃を所持しているなどまったく予想外でした」

「鎌田様たちもさぞ困惑なさったことでしょう」

「ええ、不用意に突っ込むわけにもいかず、手を束ねて遠巻きにするより他ありませんでした。ところが青吉は無闇に発砲し続け、そのせいで早々に銃弾を撃ち尽くしてしまい、泡を食って逃げ出したというわけです」

「麓への道筋はどうなっているのですか?」

「参道は境内から二十段ほどの石段を下って、仁王門を潜ります。そこから五間(約九・一メートル)ほど進んだ先で、道は男坂と女坂に分かれているのです」

「石段の途中には手水舎《ちょうずしゃ》か何かの建物はありませんか。あるいは灯籠《とうろう》が立ち並んではいませんか」

「いいえ、何も建ってはおりません。灯籠もかつては数多くあったようですが、今はもう一つも残っていません」

「石段の近辺に身を潜められそうな場所はないでしょうか。青吉は何処かに隠れ、清之介様が男坂に向かったのを見届けた後に女坂を下ったとは考えられませんか」

「それは無理かと存じます。何の遮蔽物《しゃへいぶつ》もないうえに、石段の長さは七間程度しかありません。

途中で足を止めていたら追いかけてきた鎌田様たちの目に必ず留まったはずですから、青吉は一目散に参道を駆け下りていったと思われます。加うるに、石段の位置からでは分岐点を見ることができないのです」

仁王門を潜った参道はすぐにほぼ直角に左折し、そこから五間ほど先で男坂と女坂に分かれている。その分岐点は高い木々の陰に隠れているため上から覗きこんでも見通しは皆目きかず、従って清之介の行動を把握することができなかったはずなのだ。

「さらに申し上げるならば、拙者がどのような動きをするか青吉はそもそも予測の仕様がありませんでした。拙者は捕方たちに加勢しようと石段を駆け上がって来るかもしれないのです。男坂に向かうと決まっているわけでもないのに、拙者をやり過ごすために石段に留まっていることにしようなどと考えるものでしょうか。

また、我らがどのように人手を配置しているかも青吉には分かりません。運良く拙者の目から逃れたとしても、女坂の麓には多くの捕方が待ち構えているかもしれないのです。最早女坂は無人であると予《あらかじ》め知っているのでもない限り、さような『飛んで火に入る夏の虫』となりかねない真似をするとは思えません」

「一本取られましたね」

普段とは逆に清之介がお糸をやり込めるような展開に、お糸は苦笑した。

「西村様は何と仰っているのですか?」

「拙者と同じです。『逃げたぞ』という声が上から聞こえたので腕を撫《ぶ》して待ち構えていたがいつまで待っても青吉は下りて来ない。女坂に向かったのだろうと考え、加勢するために男坂を上り始めた。天狗松の所まで達した時、ようやく誰かやって来たと思ったら拙者であった、と」

「此度の一件以前に、西村様は青吉と何らかの関わりを持っていらっしゃいましたか？」

「なぜさようなことをお尋ねに——ああ、青吉が逃げるのを西村様が黙って見過ごしたのではないか、ということですね」

「考えられる手立てはそれしかありませんから」

「残念ながらと申すべきか当然のことながらと申すべきか、西村様と青吉との間には何の繋がりもございません」

清之介は自信を持って断言した。

「それまで青吉とは一度も会ったことはないし、あの場に居合わせたのも先ほど申し上げたとおりたまさか浜口様に指名されたからに過ぎません。青吉を逃してやる謂われなど西村様には毛ほどもございません」

「故意ではなくとも、失策により取り逃がしてしまったということはあり得るのでは。西村様の剣術の腕前は相当のものなのですか？」

「はい、背丈は四尺六寸と小柄な方なのですが、若い頃は戸塚道場の麒麟児と賞賛されたほどのお方です。いくら五十を超えたと言っても、青吉を討ち漏らすことなどよもやないでしょう」

「その年齢でまだお勤めを続けていらっしゃるのですか?」

「御長男がまだ十四歳で、元服を済ませていないのです。来年になったら家督を譲って見習同心として勤めさせ、自分は隠居したいと仰っていました」

「長年篤実《とくじつ》に勤めてこられたのでしょうね」

「ええ、北町奉行所の中でもことに清廉潔白、物堅いお人柄で知られております。西村様に限って、咎人《とがにん》の逃亡を手助けするような真似をなさるはずがありません」

お糸は少し考え込むような目つきをしてから、

「天狗松に残されていた青い手拭いは、やはり青吉の物だったのですか」

「ええ、鎌田様たちが境内で青吉を取り囲んだ時、青吉は青い手拭いを首に巻いていたそうです。おそらくそれを落としてしまったのでしょう」

「すると青吉が天狗松まで男坂を下りてきたのは間違いないことになるでしょうか……やはり天狗に攫われたと考えるのが最も妥当でしょう」

「よもや本気で仰っているのではありますまいね」

お糸の言葉に清之介はひどくまごつきながら、

「では、天狗の仕業でもないとなると、残る見込みはただ一つ――清之介様が偽りを仰っている、すなわち清之介様が青吉を逃したのですね」

そうお糸が真顔で断じたので、

「お、お戯《たわむ》れを」

と、清之介は慌てて顔の前で手を振った。お糸は悪戯《いたずら》っぽく微笑むと、

「青吉のその後の足取りは?」

「この一件を嗅ぎつけた読売が連日大騒ぎして書きたてたものですから、お奉行様の激高は並大抵のものではありませんでした。草の根分けても探し出せと厳命が下ったのですが、青吉の消息は杳《よう》として知れませんでした。ところが、その五日後に意外な形で青吉は発見されたのです」

＊　＊　＊

辺り一面に血と脳漿《のうしょう》が飛び散っていた。

顔を顰めながら清之介は青吉の死体から目を逸らすと、崖の上を見上げた。高さはおよそ三丈というところか。あそこから石の上に叩きつけられたのでは一溜まりもなかったろう。死体が身に纏《まと》っている青い帷子《かたびら》がどっぷりと血に染まり、紫に変色している。

清之介は恐る恐る死体に近づいた。しかしどんな些細な手掛かりも見逃すまいと、目は能《あた》う限り皿のように見開いている。

その様子を見た先輩同心の菊池が冷やかすような口調で、

「へっぴり腰もだいぶ直ってきたな」

「はあ、お陰様でなんとか」

顔面蒼白になりつつも、清之介は気丈に応じた。

二人がいるのは日暮里《につぽり》諏方神社の裏手、諏訪の台と呼ばれる台地の崖下である。死体の鳩尾《みぞおち》には匕首が深々と刺さっている。顔など体のそれ以外の部分には、取り立てて傷はない。青吉は身長五尺七寸の巨漢だが、不意打ちされたものか一刺しで仕留められてしまったようだ。

崖の上の地面には、それほど多量ではないものの血が飛び散っていた。何者かにそこで刺された後、ここまで落下したものと思われた。

「それにしても、青吉はなぜこんなものを」

菊池は眉根を寄せた。青吉の死体の右手には刀が握られている。ただし、刀と言ってもそれはただの竹光の本差だった。

青吉の死体の傍《かたわ》らに菊池は屈みこみ、懐を探った。慎重な手つきで短銃を取り出すと、回転式の弾倉を開けて銃弾を数える。

「六発全部入っている。厳光寺から逃亡した後補充したのだろうな。だが、であればひどく妙な具合になるぞ。なぜ青吉は竹光を手にしているのか。短銃を持っていながら、なぜ襲撃された時に使おうとしなかったのだ」

「虚を突かれたので、短銃を用いる余裕がなかったのでしょう」

「考えられなくもない。しかし、それならば刀とて同じことで、刀を抜く暇もなかったはずだ。空手になっているのでなければ道理に合わぬ」

「では、短銃を使わない方が良い理由が何かしらあって、青吉はあえて刀で立ち向かったのではないでしょうか」

「いったい何だ、その理由とは。青吉が剣の達人と言うならあり得ぬでもないが、青吉の剣の腕前はどうなのだ」

「詳しくは存じませんが、おそらくは剣などろくに握ったこともなかろうかと」

「しかも、刀と言っても竹光なのだ。竹光の刀の方が短銃より望ましい理由など何が考えられる?」

「……」

そんな風に矢継ぎ早に問われたところで、清之介に見当がつくはずもない。心に思い浮かぶ解決策は一つしかなかった。

確か父は明日盆狂言を見に森田座へ行くと言っていたはずだ。早速明日にでも橋場に出向くことにしよう。清之介はそう思い定めていた。

＊　＊　＊

いつの間にか縁側の猫は姿を消していた。雀は相変わらず地面を盛んについばんでいたが、いつしかそこに鳩が幾羽か加わって中庭を右へ左へとせわしなく歩き回っている。

「厳光寺での捕物の際、青吉は刀を差していたのですか」

お糸が質問を再開した。

「いえ、持ってはいなかったそうです。竹光は行方を晦ましている間に何処かで入手したのでしょう」

「刀の鞘《さや》はどうしましたか？」

「見つかっておりません」

「鞘が見当たらないとすれば、竹光は真《まこと》に青吉のものなのでしょうか？　下手人が手にしていた竹光を青吉が奪い取っただけなのでは」

「そう考えられなくもありません。しかし、だとすると今度は、下手人の方が短銃を持っている青吉に対して竹光で襲いかかったことになってしまいます」

「仰るとおりですね」

「しかも、下手人は結局匕首で青吉を刺し殺しています。おそらく匕首は下手人が持っていたものでしょう。なぜ下手人は最初から匕首を使わず、竹光を振りかざすような真似をしたのでしょう」

無言のままお糸は俯《うつむ》いていたが、やがて顔を上げると、

「話は変わりますが、西村様の勝手向きがどのような具合かご存じでしょうか？」

「あまり芳しくないとは仄聞《そくぶん》しております。昨年亡くなられたご内室が病により長らく床に就かれていたため、薬礼が嵩んで難儀なさっていたそうですが……」

そこで清之介はわずかに眉を顰《ひそ》めて、

「さようにお尋ねになるということは、青吉の消失にはやはり西村様が関与しているのではな

いかとお考えなのですね。例えば西村様は青吉から借金を負っていて、棒引きにしてもらう代わりに見逃してやったのではないか、などと。失礼ながら、お見立て違いです」

清之介は強い言葉で否定した。

「先ほどは申し上げませんでしたが、実はお奉行様も同様にお考えになられ、西村様は青吉との関係を洗い浚《ざら》い調べられたのです。以前から青吉と顔見知りだったのではないか、もしや青吉に何か弱みを握られてはいないか——結果は、いくら叩いても埃一つ出ませんでした。

拙者と同様、西村様も青吉とはまるきり面識はございませんでした。確かに西村様は少なからぬ借財を抱えておられますが、梶原《かじわら》という検校《けんぎょう》から借りた座頭金《ざとうがね》であると判明しております。青吉とは一切関わりのない金です」

「……」

「また西村様は厳光寺に向かう途中、青吉捕縛の加勢を命じられたことに不満を漏らしておられました。しかし、もし青吉の逃亡を手助けしようと企てていたのであれば、逆に捕物に参加させてほしいと自ら進んで手を上げられていたはずです」

お糸は口を噤《つぐ》み、沈黙を続けている。常日頃清之介が持ち込む事件を快刀乱麻を断つがごとく解決してみせるお糸だが、今回ばかりは苦戦しているようだ。今日のところはもう退散した方がいいのかもしれない。惣左衛門もそろそろ森田座から戻ってくる頃合だろう。

「もう夕七つ半（午後五時頃）過ぎですね。すっかり長居してしまいました。そろそろお暇《いとま》しなければ」

そう言って清之介が立ち上がりかけた時、お糸がようやく口を開いた。

「つらいお役目になるかと存じますが、お覚悟はよろしいですか……」

清之介を見据えるお糸の瞳は、常になく暗い光を湛えていた。

＊　＊　＊

「何の用だ、かような所に呼び出すとは」

不機嫌そうな口調で西村はそう言うと、清之介をねめつけた。しかし、その面《おもて》に不安の翳が走ったことを清之介は見逃さなかった。

二人は新大橋《しんおおはし》近くの大川《おおかわ》の土手に立っていた。夕暮れが迫り、吉原《よしわら》通いと思しき猪牙舟《ちょきぶね》が幾《いく》艘《そう》も川面を走っていく。

「申し訳ございません。青吉の一件についてお話し申し上げたいことが」

「青吉だと？　なぜ今さらわしに」

さも心外そうな口振りだが、西村の両目は落ち着きなく動き続けている。やはり根は正直で、嘘をつき通すことなどできない性分らしい。

「厳光寺で青吉が消えた時」

清之介は単刀直入に切り込んだ。父、惣左衛門の流儀を真似たわけではなく、そうしないと決意が鈍ってしまいそうだったからだ。

「西村様が青吉を逃したのですね」

「何とたわけたことを」

「もちろん、わざと見逃されたわけではありません。捕えようとしたものの、取り逃がしてしまったのですね」

西村は満面朱を注ぎながら、

「戸塚道場の麒麟児と称されたこのわしが、あんなただの破落戸を討ち漏らすなどあろうはずがない」

「仰るとおりです。ただし、剣を持ってさえいればの話ですが。あの時、西村様の両刀は竹光だったのではないですか？　そして同じく今差されている物も」

狼狽した表情になった西村が、急いで刀の柄を押さえた。それが答えだった。

「失礼ながら、お家の内証ははなはだ苦しくなっていると伺いました。西村様は背に腹はかえられず、やむなく両刀を質に入れられたのではないですか。

もちろん捕物に加わるのであれば竹光で出動というわけにはいきませんから、いったんどうにかして受け出す必要があります。しかしあの日の朝は急遽《きゅうきょ》浜口様から加勢を命じられたので、質屋に行っている余裕がなかったのです。厳光寺に向かう途中気の進まぬ顔で『今のわしなんぞ何の役にも立たん』と仰っていたのは、今手挟《たばさ》んでいるのは竹光だから自分は戦力にはなれないという意味でした。また、男坂の守備を任された時に『一人で守らねばならんのか』と不安を漏らされていたのも同じ理由からです」

西村は口を開きかけたが途中で止め、力なく顔を伏せた。

「危惧は的中してしまいました。運悪く西村様が配置された男坂に青吉が逃げてきたのです。やむなく西村様は、素手で青吉を組み伏せようとしました。しかし、背丈が一尺以上も大きい青吉が相手です。いかんせん体格に差があり過ぎました。青吉に振り切られ、取り逃がしてしまったのです。

両刀を質草にしていたので捕り漏らしてしまった、などとは武士の面目にかけて口が裂けても言うわけにはいきません。そこで、青吉はやって来なかったと偽りを申し立てたのです。至って単純な話で、謎など何もありませんでした」

西村は何の反論もしようとはせず、項垂《うなだ》れたままだ。

「ただしそれだけでは、虚偽を申し立てているのではと疑われる恐れも大きい。そこで、組み合った時に青吉が落とした手拭いを利用することを思いついたのです。天狗松の枝に手拭いを掛けておけば、天狗の仕業ということにできるのではないか、と。

ところが、西村様の予想を大きく超えて、青吉は天狗に拐かされたのだと読売が騒ぎ立ててしまった。それを目にした青吉は、自分に向かってきた同心が西村様であったこと、そして西村様が偽りを述べていることを知りました。さらには、自分よりずっと小柄な西村様がなぜか刀を抜こうとせず空手で立ち向かってきたことから、実は腰の物は竹光だったに違いないと察しをつけたのです。あるいは、組み合った時のあまりの軽さから竹光であることに気づいたのかもしれません」

なおも西村は彫像のように身動き一つしない。

「密かに青吉は西村様を諏方神社に呼び出しました。自分の懐には短銃を忍ばせてある一方、西村様が手挟んでいるのはただの竹光と分かっています。安心し切った青吉は、ろくに警戒もせずに西村様に近づきました。真相をばらされたくなかったら、幾らか恵んでもらおうか。ずっと逃げ回ってたせいで素寒貧《すかんぴん》になっちまってな。そんな風に言って、青吉が脅しをかけてきた時です。

西村様は懐に隠し持っていた匕首を取り出すと、いきなり青吉の腹に突き立てたのです。仮にも侍の身分にある者が匕首で不意打ちしてくるなど、青吉は思いも寄りません。西村様は油断していた青吉をあっさりと仕留め、そのまま崖下に突き落としました。しかしながら、青吉は転んでもただでは起きませんでした。刺された刹那西村様の腰に手を伸ばして竹光の本差の柄を摑み、それを手にしたまま落ちていったのです。

死体の状況だけ見れば、まるで青吉が竹光を振りかざして誰かを襲ったかのように思われましたが、真相はまったく別でした。俺を刺したのはこの竹光の持ち主だ、竹光の持ち主の西村という同心が厳光寺で俺を取り逃がしたのだ。青吉はそう伝えたかったのです。そう、あの竹光は青吉が我々に向けて発した『死に際の伝言』だったのです」

そこで西村がようやく顔を上げた。唇を嚙みしめるとかすれた声で、

「止むを得ない仔細《こと》があったのだ」

「ええ、単に失態を糊塗しようとしただけではなかろうと見当はついております。西村様がさ

ように卑劣なお方ではなく、別に理由があったことは存じているつもりですが、しかし――」

「待て。頼む、聞いてくれ。長男の兵助《ひょうすけ》は来年元服なのだ。さすれば、見習同心として町奉行所に勤めさせられる。今わしが咎を得ては兵助に家督を継がせることができず、武士としての西村家は断絶してしまう。

己が如何《いか》なる愚行を犯してしまったかは承知しておる。罪を免れようなどとは金輪際思わぬ。だが、来年まで待ってくれんか。兵助の元服が済んだ暁には、潔く腹を切る」

清之介は首を横に振った。

「残念ながら、できかねる相談です」

「武士の情けだ」

西村は土下座をすると、額を地に擦りつけた。

「頼む、このとおりだ」

「なにとぞお止めください」

なおも西村は嘆願を続けていたが、清之介の意志が固いと見て取ったのか、やがて頭をゆっくりと上げて、

「何とも融通の利かん男だ。まさしく親仁殿譲りだな」

と、唇を歪めながら薄く笑った。

その時、にわかに半鐘の音がけたたましく鳴り響いた。火事だ。思わず清之介は息を呑んだ。

(これは近いぞ)

清之介は緊張を覚えながら、煙が上がる方角を見やった。どうやら高砂町《たかさごちょう》あたりが火元のようだ。すると突然、油か何かに引火したのだろうか、爆裂音とともに大きな火柱が上がり、はるか上空へと立ち昇った。

町奉行所同心の職務として、火事場には直ちに駆けつけなければならない。しかし清之介はいっかな動こうとしなかった。じっと炎を見すえたままで、やがて西村に視線を移した。無言のまま西村の目を見つめ続ける。

「そうか……」

と呟きながら、西村は立ち上がった。

「であるならば――了解した」

西村は身を翻《ひるがえ》し、火事場を指して猛然と駆けだした。

＊　＊　＊

「存外に大きな火事だったようですね」

「ええ、二十余町が焼けてしまいました。ここ数年では最も大きなものだったでしょう」

西村との対決から七日後、清之介は再び橋場のお糸のもとを訪れていた。朝から篠突《しのつ》く雨が降り続いているというのに、かつての同僚に会いに北町奉行所を訪ねるとのことで惣左衛門は今日も不在である。

「しかし、不幸中の幸いと申してよいものか、犠牲者は一人だけでした」

「そのただ一人の犠牲者が――」

「ええ、西村様でした」

清之介は打ち沈んだ表情で頷いた。

高砂町に着いた西村は、干鰯《ほしか》問屋の駿河屋《するがや》に少女と赤子が取り残されていると聞くや否や制止の声を無視し、燃え盛る業火の中に飛び込んだ。群衆が絶望の思いで見守る中、西村は見事二人の子供を救い出してみせたのだ。しかし――

「その際西村様は背中と両足に重い火傷《やけど》を負い、その夜のうちに亡くなられました」

相当の苦痛に襲われていたはずだが、臨終に至るまで西村はうめき声一つ上げることなく、遺体の表情は穏やかでかすかに笑みさえ浮かべていたという。

「家督はいかがなりましたでしょうか」

「西村様の最期の様子が公方様のお耳に入り、いたく感心なさった公方様は『あっぱれ、武士の鑑《かがみ》である』と絶賛なされたとの由。長男の兵助殿は元服前でしたが、台命をもって特に家督相続が許されました」

「それは重畳」

「ですが……果たしてこれでよかったのでしょうか」

雨に煙る中庭を見やりながら、清之介は尋ねた。当然のことながら、今日は雀や鳩の姿は一羽も見られない。

「人はその時最善と信じた道を歩むより仕方ありません」

お糸の視線がわずかに揺れたようにも見えたが、すぐに沈着な声色で答える。

「過去の選択や判断を今になって悔やんでも詮のないことです。ただ前を見て生きてゆくしかありません」

「……」

清之介はそれ以上口にすべき言葉を見つけられず、沈黙した。するとその時、廊下に慌ただしい足音がして襖《ふすま》が勢いよく開けられた。

「おお、清之介。来ておったのか」

惣左衛門はそう声を上げながら、せわしない様子で清之介の前に腰を下ろした。

「ちょうど良い。今日は菊池と会っておったのだ。お主は菊池の娘の加絵殿を存じておろうな」

「ええ、もちろん」

戸田家と菊池家は二十間もない距離に位置しているので、清之介は加絵のことを幼い頃から見知っている。

「加絵殿をどう思う?」

「どう、と仰いますと?」

「実はな、加絵殿をお主の嫁に迎えたいと菊池に申し入れたのだ。菊池は快諾してくれたぞ」

「えっ」

清之介は呆然として目を見張った。

「父上、お戯れを――」

「たわけが。冗談でこんなことを申すものか」

「あまりに性急でございます。嫁取りなど拙者のような若輩者にはまだ早過ぎます」

「何を言っておる。お主はもう二十三歳、むしろ遅いくらいだ。それだのに女子《おなご》にはまるで興味がないような顔をしておるから、前から心配しておったのだ。加絵殿は十九歳だから年齢の釣り合いはちょうど良いし、二人とも芝居好きときている」

物左衛門は顔を綻ばせながら、

「実のところ加絵殿もお主のことを憎からず思っていたそうだ。この上ない良縁であろう、どうだ清之介」

「……」

言葉を失ったまま清之介が凝然としていると、

「おめでとうございます」

お糸が祝言を述べながら、畳に手を突いた。深く澄んだその目からは、いかなる感情の動きも読み取れない。

暫時《ざんじ》の後、清之介は沈黙したまま惣左衛門に向かって静かに頷いた。

「そうか、承知してくれるか。これで戸田家も安泰だ」

破顔一笑した惣左衛門はすっくと立ちあがり、

「ならば善は急げだ、早速輿《こし》入れの仕度にとりかからねばならぬな」

清之介は再び視線を中庭に向けた。雨はますます勢いを増し、耳を聾するばかりの激しい雨音が響いてくる。

(あとどれくらい降り続くのだろう)

庭一面に白く上がる水しぶきを見つめながら、清之介はぼんやりとそんなことを考えていた。

夕間暮

頭上には雲一つない青空が広がっている。乙川《おとがわ》も普段よりは水量が多いものの、昨日とは比べものにならないほど穏やかな流れだった。佐川慎之助《さがわしんのすけ》は安堵の思いで川面の煌《きら》めきを見つめながら、殿橋《とのはし》を渡った。

昨日岡崎《おかざき》は近年になく強い野分《のわき》に襲われた。非番の藩士もみな警戒に駆り出され、慎之助は夜明け近くまで乙川の監視に当たった。幸い乙川は氾濫することもなく、城下で目立った被害といえば白山《はくさん》神社の松の木が倒れてしまったことくらいだった。

川沿いの道を進んでいくと、中洲の岩の上に横たわる幾匹もの魚の姿を目にした。今朝方までの強い風雨で打ち上げられてしまったのだろうか、しきりにぱくぱくと口を開け閉めしている。

(さぞ苦しかろうな)

慎之助は憐憫《れんびん》の情を覚えた。だが、今さら川に戻してやったところでもはや手遅れだろうし、わざわざ中洲にまで行って助けてやる暇もない。慎之助は道を急いだ。

昨日の代わりに、骨休めの意味もあって今日が非番となった。しかしそうそう家でのんびりとしているわけにもいかず、一刻ばかり仮眠をとっただけで、朝四つ(午前十時頃)過ぎには慎之助は自宅を出た。

あのご老人は今日は泉亭《いずみてい》に来てくれているだろうか。四日前は不在だった。昨日は野分のせいで慎之助の方が行けなかった。住まいは松葉町《まつばちょう》と聞いたが、正確な場所は知らない上に、直接訪問できるほど懇意でもない。だから会いたいと思うのなら、慎之助が泉亭にまめに足を運ぶより他なかった。

息せき切って泉亭に到着し戸を勢いよく開けると、独特な長い鼻梁の横顔が盤面に向かっているのが見えた。詰碁の本を見ながら一人で研究でもしているらしい。慎之助はほっと息をついてから、

「お早うございます」

と、挨拶をした。老人は顔を上げるとにこやかに笑いながら、

「おお、佐川殿。昨日はさぞ難儀だったことでしょうな」

老人が初めてこの碁会所に顔を見せたのは、確か昨年の秋頃だった。見るからにこの辺りの者ではなく、当初は目礼を交わす程度だった。そのうち何度か対局をすることがあって、それを機にわずかながらも次第に言葉を交わすようになった。そしてある日、ひょんなきっかけから偶然に老人の氏素性を聞く機会ができた。

老人の名は戸田惣左衛門。江戸では北町奉行所の定町廻り同心を務めていたが、御一新の後ここ岡崎に移り住んだという。

「そうだったのですか」

だからか、と慎之助は心中で頷いた。好々爺然《こうこうやぜん》としていながら時折放つ鋭い眼光から只者で

はあるまいと思っていたのだが、定町廻り同心であったのならばさもあらんと納得できた。

「拙者は当藩で歩行目付《かち》を務めております。後学のために、現役でいらした頃のご活躍ぶりを是非ともお聞かせ願えれば」

歩行目付は目付の支配に属し、藩士の監察に当たっている。その職務には藩士に不行跡や家督相続争いがあった場合の調査や探索が含まれているため、対象が町人か藩士かの違いはあるものの定町廻り同心のそれと似た側面を持っている。

「いや、大した手柄を立てたこともありませんでな」

そう謙遜しつつも、惣左衛門は呉服屋の主人が神隠しに遭った一件や、妓楼《ぎろう》の亭主が衝立に囲まれた中で不可解な死を遂げた一件を話してくれた。この日を境に惣左衛門との距離は縮まり、対局の合間には四方山話《よもやま》を交わすようにもなった。

「江戸に比べれば岡崎などただの田舎町。退屈で仕方がないのではございませぬか」

慎之助が問うと、惣左衛門は穏やかな微笑みを浮かべながら、

「いえいえ、安寧な暮らしに満足しております。今の江戸に昔日の面影はまるきりありません。御一新などと言っても、ただせわしく騒々しい町になっただけです」

「まあ確かに、江戸はいつの間にか東京などと名前まで変わってしまいましたからね。それに比べれば、当地は十年一日のごとく相も変わらず呑気なもので」

そこで慎之助は顔を顰《しか》めた。

「とは言え、こんな鄙《ひな》でも御一新の荒波は避けられないようです。版籍奉還と申すのですか、

突然殿が知藩事とやらになられたのは一体どういうことなのか」

この年、明治二年の六月に版籍奉還が実施されていた。版籍奉還とは全国の藩主が土地（版）と人民（籍）を朝廷に返還した政治変革で、藩主は知藩事として天皇の任命する官吏となった。この後明治新政府は武士の特権を剝奪する政策を矢継ぎ早に断行し、日本は中央集権の近代国家へと変貌していくのだが、版籍奉還はその第一歩であった。

「今のところ我ら藩士は、士族と称されるようになったこと以外に取り立てて変わりはないのですが」

先行きが見通せず、一体どうなるのかという漠たる不安が藩全体を覆っている。

「もはや武士の世ではないということでしょうかな」

惣左衛門が嘆息《たんそく》した。

「わしのせがれなど、今は人力車の車夫をしております」

こうして、ちょうど棋力が同程度だったこともあり、二人は恰好の碁敵となった。二十歳を超える年齢差や立場の違いがあるから碁会所の外での付き合いはなかったものの、顔を合わせれば必ず夕刻まで何局も対戦するのが常であった。

今も惣左衛門は早速詰碁の本と盤上の碁石を片づけて、対局の準備を始めようとしていたが、

「戸田殿。まことに申し訳ございませんが、本日は御遠慮致したく」

と言って、慎之助は惣左衛門を制した。

「折り入ってお聞きいただきたい話がございまして」

「ほう、何ですかな」

惣左衛門は怪訝《けげん》な顔をした。

「実は六日前の夜に藩士の一人が、屋敷に忍び込んだ賊に殺害される事件が起きました」

本来であれば、職務上知り得た事実を部外の者に口外することなど以ての外である。しかし、ここは是非とも惣左衛門の協力が必要な場面だった。それに元定町廻り同心であれば口は堅いだろうし、岡崎藩士ではない惣左衛門に知られたところで支障をきたす恐れはさほどあるまい、慎之助はそう判断したのだった。

「是非とも戸田殿のお知恵を拝借したいのです」

「かような老いぼれがお役に立てるものか」

「『八丁堀の鷹』と謳われたほどの辣腕《らつわん》と伺いました」

「はるか昔の話です」

「なにとぞお力添えをお願いいたします」

慎之助はずいと膝を乗り出して、

「殺害されたのは長尾《ながお》半兵衛《はんべえ》という方で、大納戸役を務めておられました。拙者も幾度か言葉を交わしたことがありますが、いたって温厚柔和な気性の持ち主です。篤実《とくじつ》に職務に当たり、周りの者皆に慕われておりました。ところが、その半兵衛殿が切腹をすることと決まったのです」

「さような方が切腹とは、何か特段の事情でも？」

「お恥ずかしい話なのですが、御一新の時のわが藩のごたごたが関わっておりまして、余儀なく切腹せざるを得ない状況に追い込まれてしまったのです。半兵衛殿が難に遭ったのは、まさにその切腹の前夜のことでした――」

＊　＊　＊

長尾半兵衛は大の字になって裏庭の一隅に横たわっていた。その目はまたたきもせずに虚空を見つめ、声にはならない叫びを上げ続けているかのように口が大きく開けられている。

「さぞや無念だったことでしょう」

半兵衛の妻、利津《りつ》が涙を両目いっぱいに溜めながら声を震わせた。

「刀さえあれば、かような仕儀には……」

続いて嫡子の一蔵《いちぞう》が悔しそうに唇を嚙みしめて、

「ただのこそ泥と思って、油断があったのかもしれませぬ」

慎之助は半兵衛の死体に屈みこむと、合掌してから調査を開始した。半兵衛は一刀のもとに袈裟《けさ》懸《が》けにされている。下手人は相当の手練《てだ》れだったのであろうと思われた。流れ出した血で小袖や地面が赤く染まっている中で、足袋《たび》のみは汚れずに白いままであるのが妙に無残な印象を与えている。

懐を探ってみると、印籠が見つかった。螺鈿《らでん》細工の施された凝った造りのもので、中には萬《まん》金丹《きんたん》が入っていた。萬金丹は伊勢《いせ》名物の胃腸薬で、懐中薬や道中薬として広く普及している。

「半兵衛殿はなぜ印籠をお持ちだったのですか?」

半兵衛は小袖の着流し姿だった。自宅にいて憩っていたのであれば、袴を付けていないのは不思議なことではない。しかし、印籠は携帯用の薬入れである。外出するわけでもないのに、なぜ半兵衛は印籠を懐の中に入れていたのか。

「さて、なぜと仰《おっしゃ》られても」

狼狽《うろた》えたように一蔵は首を捻ったが、利津が脇から、

「主人は腹の具合が優れないと申しておりました。明日の大事に臨んで万一粗相などあろうものなら、末代までの恥でございます。そのため、すぐに服用できるようにと常に持ち歩いていたのでしょう」

「なるほど……では、半兵衛殿が襲われた時の様子をお聞かせ願えますか」

「父母と私の三人は奥座敷にいたのですが」

一蔵は屋敷の方を振り返ってから、

「もう暁八つ(午前二時頃)近かったでしょうか、この裏庭を何かが通るような足音が聞こえたのです。『妙だな』と父が訝《いぶか》しげな顔をいたしましたので、『野良犬でございましょう』と私は申しました。しかし、父は『気になるな。ちょっと見てみよう』と言うと、廊下に出て雨戸を開けました。

昨夜は十四日月でしたが、月は厚い雲に隠されておりましたから、裏庭はまったくの暗闇で

した。しかし、奥座敷の行灯《あんどん》が投げかけた淡い光の中に人影が一つぼんやり浮かんでいるのが見えました。父は『曲者《くせもの》！』と叫ぶや否や、刀も持たずに庭に飛び下りました」

「半兵衛殿をお止めしなかったのですか」

なぜか一蔵は再び狼狽えた表情になって、

「無論そうしようとは思ったのですが、間に合わなかったのです。翌日のことがあってやはり気が昂《たかぶ》っていたのでしょう、父は人影に向かって足袋跣《たびはだし》のまま猛然と走り出しました。そして、賊を捕えようと手を伸ばした刹那、いきなり白刃が閃き、父はその場にばたりと――」

「賊の顔は見えましたか。あるいは、いかような風体をしていたのか分かりましたか」

「いえ、行灯のかすかな光が辛うじて届いていただけでしたから、定かには……黒っぽい恰好だったとしか」

「その後賊はどうしましたか」

「裏木戸の方に走り去りました。急いで後を追いかけたのですが、何とも逃げ足の速い男です」

「男？　姿が判然としなかったのに、なぜ男と分かったのですか」

「いえ、その、失礼しました。父を倒すほどですから、当然に男であったろうと思っただけです」

　慎之助は裏木戸に向かいながら、地面を丹念に調べた。だがこのところ晴天続きで乾ききっていたので、足跡の類は一つも残されていなかった。他に何か手掛かりになりそうなものもまったく落ちてはいなかった。

「賊が忍び込んできた時には、もう八つ近かったと仰いましたね。さように更闌《こうた》くまで起きておられたのですか」

安政六年に開港して外国との貿易が始まって以来諸色高直《しょしきこうじき》が続き、行灯に用いる油の価格もすこぶる高騰していた。藩士たちは皆燃料の費《つい》えを節約するため、日が沈めば早々に床に就くのが常である。

「はい、今生の別れでございますから、盃を傾けながら深夜まで語り合っておりました」

昨夜のことを思い出したのか、利津が涙ぐみながら、

「ともに歩んで参りました来し方を振り返れば、様々な思いがとめどなく胸に溢れまして……」

(それはそうだろうな)

と、慎之助は胸裏で頷いた。家族が一緒に過ごすことのできる最後の夜だ、夜明けまでもずっと語らっていたかったことだろう。

本来であれば半兵衛は翌日、つまり今日この日に切腹することに決まっていた。通常切腹人は事前に他の藩士の屋敷に預けられるのが決まりだが、半兵衛は特段の配慮をもって当日の朝まで自邸で過ごすことが認められていたのだ。

なぜそのような配慮がなされたのかと言えば、それは半兵衛が切腹を余儀なくされるに至った経緯が関係していた。

慶応四年一月鳥羽《とば》伏見《ふしみ》の戦いで旧幕府軍が新政府軍に惨敗した後、岡崎藩では旧幕府と新政府のどちらに与《くみ》するかで激しい対立が生じた。藩主本多《ほんだ》忠民《ただもと》は新政府へ恭順することに藩論を

統一したものの、これを不満とする小柳津要人《おやいづかなめ》ら多くの藩士が脱藩して新政府軍と抗戦した。今年、すなわち明治二年五月、五稜郭が落城して戊辰《ぼしん》戦争が終わると小柳津らは帰藩が許されたが、藩内に一度生じたしこりはそう容易に消えるものではない。

藩内融和の最大の障害となっていたのが、勤皇派から犠牲者が出ていたことだった。小柳津らが奥羽《おうう》越列藩同盟に身を投じたことが新政府の不興を買ってしまったのではと忖度《そんたく》した藩首脳は、忠誠を示すために小柳津の上役に詰め腹を切らせてしまったのだ。

その上役は勤皇派の一員だったから、事態を収拾させるためには喧嘩両成敗として佐幕派からも生贄を出さねばならない状況だった。果たして誰を選ぶべきかと佐幕派一同鳩首《きゅうしゅ》した結果、半兵衛に白羽の矢が立ったのだ。

長尾半兵衛は大納戸役を務め、家禄は五十石である。城下の著名な板屋《いたや》道場で師範代を任されていた。板屋道場は佐幕派の巣窟で、半兵衛はその首魁であると見なされていた。半兵衛の屋敷には佐幕派の血気盛んな若手藩士たちがしばしば集い、気炎を上げていた。

半兵衛は、武士は主君に忠義を尽くすのが本分である、今こそ神君家康公以来の御恩顧に応えなければならぬ時であり、我らが幕府の側に立つことは論を俟《ま》たないと訴えた。

取り立てて新味のない凡庸な主張だが、実のところ半兵衛という人間そのものがそうなのであった。よく言えば謹厳実直《きんげんじっちょく》だが、真面目であること以外には何の取り柄もない。しかし温良かつ誠実な人柄で、頼まれれば決して否とは言わない面倒見の良さだったから、皆の多大な信望を集めていた。剣の腕前がさほどのものでもないのに板屋道場の師範代に選ばれたのも、その点が評価されてのことだった。

　同様の理由で、半兵衛はなりたいわけでもないのに佐幕派の頭にいつの間にか担ぎ上げられていた。会合が激論となっても、落ち着いて各人の意見に耳を傾けている。相手を非難するような言葉は決して口にせず（単に生来無口なだけということもあったのだが）、敵を作ることのない半兵衛は、佐幕派をまとめ上げる調整役として最適な人物だったのだ。

　今回腹を切ってくれぬかと藩の首脳に打診された時も、半兵衛は断り切ることができなかった。

「すべては藩のため、御家のためだ。頼む」

　筆頭家老が涙を流しながら、大納戸役に過ぎぬ半兵衛に頭を下げた。のみならず、長尾家の石高を倍の百石にするよう周旋する、ゆくゆくは必ずや一蔵を重役に取り立ててやるとまで約束した。そんな餌につられたわけではないが、自分が腹を切ってすべてが丸く収まるのであればと、半兵衛は首を縦に振ったのだった。

　こうして半兵衛の切腹が決定されたわけだが、あくまで藩の捨て石になるための止むを得ざる選択なのであって、何ら罪を犯したわけではない。そのため、切腹当日の朝まで自邸に留まり、家族とともに最後の一時を過ごすことが認められたのだ。

（よもや勤皇派の仕業ではあるまいな）

　ふとそんな思いつきが慎之助の頭に浮かんだ。家族水入らずの最後の夜を台無しにしてやろうと――そこまで考えかけて、慎之助はすぐに思い直した。仮にも武士ともあろう者がそんな子供じみた真似を盗人を装ってまでするわけがあるまい。

「ご遺体につきましては、早速葬儀の準備に取りかかっていただいて結構です。では、屋敷の中も見せていただきましょう」

慎之助は奥座敷に上がると、裏庭の方に目をやった。賊が立っていた辺りまで距離は四間近くあり、確かに行灯の明かりだけでは判然としなかったろうと思われた。

一応の手続きとして、慎之助は邸内を一通り検分した。

「以前は若手の藩士たちが大勢訪ねてきていたそうですね」

「ええ、たいそう賑やかでございました」

利津が心なしか棘《とげ》のある口調で答えた。

昨今は家中の誰もが勝手向きは苦しい。建具が修繕されていなかったり調度品が古びていたりで、長尾家もその例外ではないのが容易に見て取れた。そんな中で神棚のみは最近新調されたものらしく、白木の新しさが目に付いた。祀られている神札には『天照皇大神宮《てんしょうこうたいじんぐう》』と書かれているから、伊勢神宮のものだろう。

「半年前に夫婦でお伊勢参りをしたことがあり、その時にいただいたものです」

慎之助が神札に目を留めたことに気づき、利津が説明した。

「主人はそれまで旅など一切したことがなかったためか、お伊勢様への参宮にたいそう感銘を受けたようです。帰宅するとすぐに神棚を新しく誂えて、神札をあのように大切にお祀りいたしました」

そう淡々と説明する利津の顔は、能面のように無表情であった。

＊　＊　＊

「それで、なにゆえわしにこのお話を？」

半刻ばかりを要して慎之助が事の次第を語り終えると、惣左衛門が尋ねてきた。

「長尾家を後にしてからつらつら考えてみますに、あの母子は偽りを申しておるように思えてならぬのです」

「その根拠は？」

「正直なところこれと言ってございません。単なる勘に過ぎないのですが」

慎之助は腕組みをしながら、

「強いて申すならば、半兵衛殿はさして腕に覚えがあったわけでもないでしょうに、素手で賊に立ち向かっていくものだろうか、という点がいささか」

しばしの間惣左衛門は長い鼻梁を擦った後、

「おそらく貴殿の仰るとおりでしょうな。半兵衛殿は賊に襲われて命を落としたのではありますまい」

「やはり、そうですか……」

慎之助は深い溜息をついた。

「そうお考えになる理由をお聞かせ願えるでしょうか」

「半兵衛殿の履いていた足袋は白いままだった、そうでしたな」

「ええ、そのとおりです」

「足袋裏も？」

「はい。ですが、白かったことが何か？」

「半兵衛殿は賊の姿を見ると直ちに庭に飛び降り、足袋跣のまま賊に向かっていったと、一蔵は証言しておったのでしょう。もしそうであれば、当然足袋裏は土で汚れていなければなりません。白いままであるはずがない」

「なるほど」

慎之助は感嘆の声を上げた。さすがに『八丁堀の鷹』の異名をとっただけのことはある。

「それで、だとするとどういうことになりましょうか」

「半兵衛殿は裏庭ではなく、屋敷の中で斬られたのでしょう。その後下手人は遺体を庭に運び出して、忍び込んだ賊に斬られたように装ったのです。その際、うっかり足袋の裏を汚しておくのを忘れてしまったのです」

「とすると、下手人は」

「当然利津と一蔵です。もちろん、直接に手を下したのは一蔵でしょう。屋内には血の跡などは残っていなかったようですが、貴殿が訪ねてくる前にきれいに片づけてしまったのでしょう」

「ありがとうございます。これで一件落着です。では、これより早速長尾の屋敷に――」

慎之助が腰を浮かせると、惣左衛門は手を上げて、

「あいや、しばし待たれよ。一つ大きな疑問が残っております。二人には半兵衛殿を殺《あや》めねばならぬ理由が何かあったのですか」

「いや、それは……申し訳ございません、未だ調べがついておりません」

「まあ、よろしいでしょう。傍《はた》からでは窺い知れぬ確執や葛藤を秘している家は少なくありませんから、半兵衛殿を亡き者にせんと利津や一蔵が企んでもさして奇異なことではない。問題は動機が何であれ、なぜそれが六日前の夜に行われなければならなかったかという点です」

「どういう意味でございますか？」

「半兵衛殿はその翌日に切腹することが決まっていたわけですな」

「はい」

「翌日には切腹して死ぬと分かっている者を、なぜわざわざ殺めなければならなかったのでしょうか。自ら手を下さずとも、黙って傍観しているだけでこの世から消えてくれると分かっているのに」

「うーむ、確かに……」

慎之助はそう唸ったきり、言葉を失った。

「さてさて、これはいささか難問だわい」

鼻を擦りながら惣左衛門も首を捻ったが、ちょうどその時、

「旦那様」

入り口の戸が開き、一人の女性が現れて惣左衛門に声を掛けた。

「煙草入れをお忘れになられましたよ」

「おう、お糸か。ちょうどよい所に来てくれた」

惣左衛門は目を細めて、相好を崩した。

「佐川殿には初めてお目にかけますな。愚妻のお糸です」

内心慎之助は驚嘆した。妻帯しているとは聞いていたが、おそらくお糸はまだ三十過ぎくらいだろう。惣左衛門とは親子ほども年齢が離れているのではないか。しかも図抜けた尤物《ゆうぶつ》であり、臈長《ろうた》けて優美な気品に満ちている。

「お手数ですが、先ほどのお話をこのお糸にもお願いできませんか」

「御妻女にも、ですか……?」

慎之助は困惑した。定町廻り同心の妻といえども吟味に携わった経験などなかったはずで、半兵衛の一件を話してみたところで何ら得るものはないだろう。それなのに、なぜわざわざお糸にまで語らねばならぬのか。

しかし、それがさも当然といった表情で、二人は慎之助が口を開くのを待っている。釈然としないながらも、慎之助は再び長尾邸を訪ねた時の模様をお糸に語った。

「お主はどう思う?」

慎之助が話し終えると、何と驚いたことに惣左衛門がお糸に意見を求めている。

「下手人は利津と一蔵に相違あるまいが、問題はわざわざ切腹の前日に殺害した、その理由だ」

「仰るとおりでございますね」

「今思いついたのだが、半兵衛殿に切腹をさせたくなかったからというのはどうだろう。切腹は武士にとっては名誉ある死だ。二人は半兵衛殿に強い恨みを抱いていて、切腹などさせてなるものか、賊に斬られて死んだという汚名を着せてやると考えたのだ」

「あり得る話ですが」

お糸は眉を曇らせながら、

「武士が誰ともわからぬ賊に斬られたとなるとたいへんな不面目です。長尾家の存続に関わるとまでは言わずとも、家禄が削減される恐れもございますから、剣呑な賭けと言わざるを得ません。さらに申せば、切腹を許さずあくまで己の手で斬って捨てると一蔵殿が決意したからには、よほど強い恨みを抱いていたことになります。ですが、果たして父子の間にそこまでの諍《いさか》いや軋轢《あつれき》があったかどうか」

「では、どうなる？」

「あまり難しくお考えになる必要はないのではないでしょうか」

お糸の口調が夫を教え諭すようなものであることに驚いて、慎之助は思わず口をはさんだ。

「いったいどういう意味ですか？」

「翌日には切腹して亡くなるはずという前提で考えるから行きづまってしまうのではないでし

ょうか。その前提を見直しさえすればよろしいのではないかと存じます」

「しかし見直すと言っても……そうか、では半兵衛殿はもしや切腹を？」

お糸はゆっくり頷きながら、嫣然《えんぜん》と微笑んだ。

＊　＊　＊

その日の夕七つ（午後四時頃）、慎之助は再び長尾邸を訪れた。もっと早い時刻に来ることもできたのだが、いかに話を進めればよいものかと思い悩んで愚図愚図していたために夕間暮になってしまったのだった。

仏間で仏壇に手を合わせた後、表座敷に移って一蔵らと向かい合いに着座した。障子が開け放たれ、西の空に沈みかけた夕日が見える。出された茶菓には口もつけず、単刀直入に慎之助は話を切り出した。

「不躾《ぶしつけ》ながら、有り体に申し上げます。どうか真実を仰っていただけませんでしょうか」

「お言葉の意味が分かりかねます。すべてを包み隠さず申し上げましたが」

一蔵は平然とした表情で首を傾げた。慎之助は心中で舌打ちをした。あくまで白を切るというのであれば仕方がない。

「半兵衛殿は賊に襲われて亡くなられたわけではありません。手を下したのは、あなた方です」

「失敬な」

いきり立った一蔵が立ち上がりかけたが、利津は冷静な声で、

「落ち着きなさい」

と一蔵を制してから、泰然とした態度を崩さぬまま、

「そうお考えになる根拠をお聞かせ願えますか」

「半兵衛殿の遺体が履いていた足袋裏が、汚れずに白いままだったことです」

二人が同時に息を呑んだ。しかし利津はなおも落ち着いた様子で、

「足袋裏が汚れていなかったらどうだと仰るのですか」

「もし半兵衛殿が足袋跣で賊に立ち向かったのであれば、足袋裏は土で汚れていなければなりません。侵入してきた賊に裏庭で斬られたなどというのはただの作り話です」

「仮に作り話であったとして、では実際には何が起きたのか、佐川様はいかにお考えなのですか」

「二つの見立てがあります。一つ目は、半兵衛殿は屋内であなた方に殺害され、その後裏庭に運び出されたというものです。足袋裏が白かったのは、その時土で汚しておくのを忘れてしまったためです」

「私どもには主人を殺めなければならぬ理由がありません。あったとしても、翌日に切腹すると決まっているのですから、わざわざそんな真似をする必要がありません」

「そのとおりです。そこで、その問題を解決するのがもう一つの見立てです。半兵衛殿は自分

の足で裏庭に下り、そこで殺害されたのです。殺められた後に履物を脱がされた、だから足袋裏が白かったのです」

「二つの見立ての間に大した違いがあるとは思えません。殺害された場所が屋内であろうと裏庭であろうと同じ話ではありませんか」

「いいえ、違いがあります。半兵衛殿が自らの意志で屋外に出たのか否かという、きわめて大きな違いが」

慎之助は利津、続いて一蔵の顔を見据えた。

「半兵衛殿は旅に出ようとしていたのではないですか」

そう慎之助が問うと、二人はたちまちのうちに色を失った。

「旅、ですと？　な、何の根拠があってさような出まかせを」

一蔵の声が裏返った。

「半兵衛殿の懐の中に萬金丹の入った印籠がありました。半兵衛殿はあの日腹の具合が悪かったというのも空言《そらごと》に過ぎません。半兵衛殿は旅に出るつもりだったからこそ印籠を携帯していたのです」

唇を震わせながら、一蔵は目を伏せた。

「半兵衛殿は怖気づいてしまったのでしょうか、切腹する気が失せていたのです。しかし、切腹を忌避して逃亡したとすればいかなる事態となるか。

重罪人となる半兵衛殿には討手が差し向けられることになりますが、それだけでは済みません。残された家族もたいへんな苦汁を嘗めることになります。長尾家は取り潰され、あなた方は路頭に迷ってしまうことになります」

「……」

「無論半兵衛殿をいきなり斬ってしまったわけではないでしょう。何としても翻意させなければならず、従容《しょうよう》として切腹するよう懸命に説得したのでしょう。しかし、いかにも意志が固い。どうしても今夜家を出ると半兵衛殿は言い張る。

事ここに至っては、もはや止むを得ない。あなた方は半兵衛殿を斬ることを決意しました。忍び込んだ賊に殺害されたというのも武士としてははなはだ不名誉ですが、切腹を拒否して逐電するよりははるかにましです。長尾家も取り潰しとまではされないでしょう。やむなく次善の策として、半兵衛殿は賊に斬られたという話を作り上げたのです」

二人は俯《うつむ》いたまま一言も発しない。

「半兵衛殿はすっかり旅支度を整えていたのでしょう。あなた方は半兵衛殿を殺害した後、背中の打飼袋《うちがいぶくろ》を外し、続いて遺体から背割り羽織と野袴を脱がせました。小袖の着流し姿にすれば、邸内で安らっていたように装えるからです。また、脚絆《きゃはん》と草鞋《わらじ》を履いたままでは旅装だったことが一目瞭然ですし、賊を討つために急いで庭に飛び降りたと見せかけなければならないので、これらも脱がせて足袋のみにしました。しかしその時、懐の中に印籠が入っているのに気づかなかったこと、足袋に土を付けて汚しておくのを忘れてしまったことは大失態でした」

その時、一蔵の視線がわずかに右に動いた。

「お止めください」

慎之助は鋭い声で一蔵の動きを封じた。

「私を斬ったところで、今さらどうにかなるものではありません。これ以上罪を重ねても無益なだけです」

「私がすべてを申し上げます」

利津が形を改めると、静かな口調で告白を始めた。

「確かに主人は切腹をしたくないと言い出しました。ですが、その理由は単に怖気づいてしまったからではありません。

あの夜、この世の名残りと、みなで遅くまで起きて語らっていたのは申し上げたとおりです。夜四つ（午後十時頃）を回った頃でしたでしょうか、主人が厠《かわや》に立ったのですが、いつまでたっても戻ってきません。そうこうするうち、裏庭から私と一蔵の名を呼ぶ声が聞こえました。不審を覚えつつ雨戸を開けると、主人が立っています。その姿を見て私は肝を潰しました。なんと旅装束だったのです。

『一体、いかがなさったのですか』

仰天しながら問うたところ、

『切腹は止めた。これから旅に出ようと思う』

と、平然とした顔で答えます。

『止めた、とはいったい――怖気づかれたのですか』

『違う。馬鹿らしくなったのだ』

それが主人の言い条でした」

「馬鹿らしくなった、ですか……？」

慎之助は半兵衛の意図を測りかねた。

「はい、主人の言い分は次のようなものでした。自分は常に周囲の目を気に掛け、疎《うと》まれることを恐れるような性分に生まれついた。いつも自分の意志を押し殺し、他人の意見に異を唱えることなど皆目なかった。だから此度の切腹もいったんは承知した。

だが、とっくりと考えてみれば、お偉方の不手際の責任をなぜわしが負わねばならぬのだ。そんなたわけたことが平気でまかり通ってしまう藩などこちらから見限ってやる。生涯で一度くらいは我を通すことがあっても罰は当たるまい。

『ですが、残された私たちはどうなるのですか』

そう私が詰め寄ると、

『お主らを残していきはせぬ。わしと一緒に行こう。もう関所はなくなったのだから、全国どこでも好きな所へ行けるのだ。日本中をゆっくりと旅して余生を過ごそう』

錯乱したとしか思えません、そんな夢物語を言い出すのです。

『そう、伊勢参りの時のようにだ。お主と水入らずで旅ができて、あれは楽しかった。まずは手始めに、伊勢を再訪しようではないか』

生まれて初めての旅だったので、半年前の伊勢参宮がよほど良い思い出として記憶に残っていたようです。神棚を新しく誂えましたし、数ある胃腸薬の中で萬金丹を選んだのも伊勢への思い入れがあったからでしょう。

あの伊勢への旅など、私には水入らずどころか退屈でならなかったのですが」

利津は吐き捨てるように言った。

「退屈?」

「ええ、謹厳実直と言えば聞こえがいいですが、主人は一緒にいて実に退屈な男でした。堅実にお勤めしてはおりましたが、他には何の取り柄もございませんでした。非番の日くらい釣りか何かにでも出かければよいものを、何の趣味も持たないものですから終日家にいる。それでいて無口ですからろくに語らうこともなく、主人が家にいるときはいつも息が詰まるような思いがいたしておりました」

そこで利津は喋り過ぎて喉が渇いたのか、

「失礼いたします」

と断ってから湯呑を手にし、一口茶を飲んだ。

「頼まれると嫌とは言えない気弱な性分ですから、いつも損な役回りばかり。御一新の前には佐幕派の頭領に祭り上げられたせいで、若い藩士たちが頻繁に我が家に出入りするようになっていました。その度に酒食を振る舞わなければなりませんから随分な物入りで、我が家の内証はいつも火の車でした。面倒見が良いと慕われていると本人は勘違いしていたようですが、いいように食い物にされていただけです。挙句の果てに、藩の不始末の尻拭いに切腹を申しつけられる始末。

いったいどこまでお人好しなのでしょうか。天性だから仕方ないと言えばそれまでですが、それならそれでいつものように唯々《いい》諾々《だくだく》とおとなしく命に従って腹を切れば良いものを、此度に限って旅に出たいなどと何を血迷ったのか。ご加増《かぞう》どころか、長尾家がお取り潰しになってしまいます」

利津は唇を噛んだ。目が赤く血走り、瘧《おこり》にかかったように体を震わせている。

「私には幼い頃より思いを寄せた殿方がおりました。しかし、私の生家の石高は三十石、その方は十石。結ばれることはかなわぬ仲でした。主人との縁談が持ち込まれた時、私はしぶしぶ承諾せざるをえませんでした。私は長尾半兵衛という男と夫婦《めおと》になるのではない、長尾家五十石と婚姻するのだ、そう自分に言い聞かせながら輿《こし》入れしました。

その五十石を棒に振ると言うのです。馬鹿馬鹿しい。沙汰の限りとしか思えませんでした。旅芸人のどさ回りでもあるまいし、なぜわざわざ好んで流浪し続けなければならないのですか。かてて加えて、主人と毎日二六時中顔を突き合わせることになります。そんな拷問同然の憂き目など、真っ平御免です」

その時突然、利津が血を吐いて前のめりに倒れた。

ぬかった、さきほど利津が飲んだ茶の中には——

慎之助は慌てて駆け寄ると、利津を抱き起こした。利津は苦し気に口を幾度も開け閉めしながら、

「主人を斬るように私が一蔵に命じたのです。一蔵には咎《とが》はございませぬ……お取り潰しは平にご容赦下さいませ……ご加増は叶わぬまでも、家禄は五十石のまま……」

慎之助の脳裏に今朝乙川で見た光景が不意に浮かんだ。中洲に打ち上げられて死にかけた魚が空気を求めて喘いでいたように、利津はまさに最期を迎えんとするこの刹那に家の存続と家禄の維持を求めて喘いでいる。

「なにとぞ御内聞にしていただき……是非とも家禄はそのままに――」

利津の吐いた血に負けぬほど赤い夕日が差し込み、座敷の中は紅で染められたように赤く輝いていた。

＊　＊　＊

長尾家は直ちに取り潰しの処分を受けた。無論慎之助は利津らの罪科について口を閉ざしてしまうことなどできなかったからだ。もっとも、仮に慎之助が沈黙を守ってやったとしても、結果にさほどの差異はなかった。

まず明治四年に実施された廃藩置県により岡崎藩が消滅した。続いて同六年に徴兵令、同九年三月に廃刀令が公布され、次々と武士の特権が剝奪されていった。そして同年八月の秩禄処《ちつろくしょ》分《ぶん》がとどめとなって、旧体制は完全に解体された。利津が、いやあらゆる武士が三百年もの間命を賭して守り続けてきた家禄の支給が全廃されたのである。

利津の最後の願いは、明治という新しい時代の激流に翻弄され、なす術《すべ》もなく落日の時を迎えたすべての武士たちの断末魔の叫びでもあった。

＊　＊　＊

——その明治九年八月、惣左衛門は死の床に就いていた。もう三月ほど胸の塩梅《あんばい》が優れず、ほぼ終日寝たきりの状態が続いている。最早できることは何もないと、お糸は医師から密かに告げられていた。

「権現様以来三百年、いや頼朝《よりとも》公以来とすれば七百年か……」

惣左衛門はかすれた声で呟いた。

「我ら武士は何のために生きてきたのであろうな。まさしく詮のない七百年であった……父祖から綿々と受け継いできた禄も刀も土地も、みな取り上げられた。すべてが水泡に帰してしまったのだ」

「決してさようなことはございません」

お糸は惣左衛門の額の汗を拭いながら静かな声で答えた。

「いかなる仕儀になろうとも、誰もがその日その時を一所懸命に生きてきた結果でございます。何ら悔やむ必要も恥じる必要もございません」

「だが、我らはこれからの時代には無用の木偶《でく》の坊ばかりだ」

「さように卑下なさいますな。お主らが楽々と新しい道を歩めるのは、我らが荒野を切り開いてきたおかげだと胸を張っていればよいのです」

「そうか……それもそうだな……」

中庭に面した障子が開け放たれ、最近は惣左衛門に代わってお糸が丹精込めて手入れをしている花々が夕風に揺れているのが見える。西の空はすっかり茜色に染まっていた。

その時不意に、甲高い鳥の鳴き声が聞こえてきた。

「鳶《とんび》だ……」

一羽の鳶が旋回しながら空高く舞い上がった。何者にも邪魔されることなく、鳶は悠々と大空を滑るように飛んで行く。

既に視力も覚束なくなっている惣左衛門は、その姿をさやかに捉えることはできない。だがその胸中には、はるか十余年前にお糸とともに丸屋《まるや》から眺めた鳶の雄姿がくっきりと鮮やかに浮かんでいた。

「お糸……」

「はい、ここにおりまする」

惣左衛門が伸ばした手を、お糸は包み込むように優しく握りしめる。そうして惣左衛門の瞼《まぶた》はゆっくりと閉じられていった。

後書き

この『雪旅籠』は、前作『恋牡丹』の続編に当たります。と言っても、純然たる後日譚ではありません。『恋牡丹』は戸田惣左衛門・清之介の親子二代に亘る物語ですが、十五年の歳月を四つの短編で描くいささか駆け足の筋立てとなっていました。

そのため『恋牡丹』に対しては「展開が早過ぎる」といった声をいただきましたが、本作の八つの短編は『恋牡丹』の四つの短編の言わば間隙を埋めるような位置づけにあります。

十二の短編すべてを時系列に並べると、以下のとおりとなります（太字ゴシックが本書収録作品）。

花狂い
埋《うず》み火
逃げ水
神隠し
願い笹
島抜け
出養生

恋牡丹
雪旅籠
天狗松
雨上り
夕間暮

本書とともに『恋牡丹』も合わせてお読みいただければ、作者としてこれに優る喜びはありません。

＊　＊　＊

せっかく後書きを書く機会をいただきましたので、創元推理文庫との因縁（？）について少々駄文を。

本書には不可能犯罪を扱った作品が多く含まれています。『恋牡丹』をお読みいただいた読者の中には「この作者は時代小説サイドの人じゃなかったのか」と意外に思われた方もいらっしゃるかもしれませんが、実のところ私は四十年来の本格ミステリ&創元推理文庫フリークなのです。

私が本格ミステリ&創元推理文庫の世界に足を踏み入れるようになったきっかけは、中学二年生の時に読んだ『Xの悲劇』(エラリー・クイーン著、鮎川信夫訳)でした。あの最後の一文に驚嘆させられ、それ以後長い間読書と言えばミステリ一辺倒となり(それまでの愛読書は〈赤毛のアン〉シリーズだったのに!)、複数の版元から出版されている作品は必ず創元推理文庫で読むように心掛けていたほどです。もっとも、最近はフォローがまるで追いついていないので、フリークだったと過去形で書いた方が正確な有り様なのですが。

作家としてデビューする端緒も創元推理文庫でした。ジャン゠クリストフ・グランジェ著『クリムゾン・リバー』を読んだ時、グランジェが割合にあっさりと片づけているあるネタについて「時代ミステリならメインの謎に設定できるのではないか」と思いつき、書き上げたのが短編の「恋牡丹」です。両方ともお読みになった方は、類似点にお気づきかもしれません。そして、それを元に連作短編の形で長編『恋牡丹』に仕立てて、鮎川哲也賞に投稿したというわけです。

最終候補止まりであったにもかかわらず創元推理文庫の一冊として刊行していただき、運良くデビューすることができました。長年愛読者の側にいた自分が今では作り手の一員であるという事実にいささか落ち着かない妙な気分になる時もありますが、私が創元推理文庫の数々の名作から得たのと同様の驚きや喜びを、たとえわずかでも自分も読者の方々に提供できるよう力を尽くしていきたいと考えています。

初出一覧

「埋《うず》み火」　書き下ろし
「逃げ水」　書き下ろし
「神隠し」　〈Webミステリーズ!〉(二〇一八年十月二十四日)
「島抜け」　書き下ろし
「出養生」　書き下ろし
「雪旅籠」　書き下ろし
「天狗松」　書き下ろし
「夕間暮」　書き下ろし

検印
廃止

著者紹介 1963年東京生まれ。早稲田大学卒。2017年鮎川哲也賞に投じた『恋牡丹』が最終候補作となり、デビュー。

雪旅籠

2020年7月22日　初版

著者 戸《と》田《だ》義《よし》長《なが》

発行所（株）東京創元社
代表者 渋谷健太郎

162-0814/東京都新宿区新小川町1-5
電話 03・3268・8231-営業部
03・3268・8204-編集部
URL http://www.tsogen.co.jp
フォレスト・本間製本

乱丁・落丁本は、ご面倒ですが小社までご送付ください。送料小社負担にてお取替えいたします。

ISBN978-4-488-43622-3　C0193